FUADACH

Áine Ní Ghlinn

FUADACH

Áine Ní Ghlinn

Do Louis, Sheán, Niall agus Chonall

Tá Cois Life buíoch de Bhord na Leabhar Gaeilge agus den Chomhairle Ealaíon as a gcúnamh.

Foilsithe den chéad uair 2005 ag Cois Life

© Áine Ní Ghlinn

ISBN 1 901176 55 1

Clúdach agus dearadh: Eoin Stephens

Clódóirí: Betaprint

www.coislife.ie

1

'Conchita Diaz del pé sloinne aisteach eile atá uirthi!
Conchita friggin Diaz!'

Chaith Aoife a mála scoile ar urlár sheomra na gcótaí
agus bhuail cic air.

'Conchita seo! Conchita siúd! Níl sé féaráilte. Ise a
roghnaítear i gcónaí. Cuma cad a bhíonn ar siúl.'

Tharraing a cara Niamh a cóta den chrúca.

Bhí sí féin agus Aoife mór lena chéile óna gcéad lá ar
scoil. Iad ina suí ag an mbord céanna, ordóg sa bhéal acu
beirt agus iad ag breathnú go hamhrasach ar na strainséirí
go léir a bhí thart orthu. Faoin am gur tháinig am lóin,
áfach, bhí siad ag siúl timpeall chlós na scoile lámh i lámh
a chéile, an dá chloigeann le chéile agus rúin mhóra an
tsaoil á roinnt acu.

Bhí an cairdeas agus an dílseacht sin fós eatarthu, iad
chomh láidir agus a bhí riamh, go háirithe nuair a cheap
duine acu go raibh éagóir déanta ar an duine eile.

Chroch Niamh a cóta ar a leathghualainn – cóta a bhí
ag a deirfiúr roimpi agus ise ag dul ar scoil. Ní bheadh a
leithéid ag Conchita.

'Breathnaigh uirthi! Gach uile rud ar domhan aici. Teach
ollmhór. Na héadaí is deise. Na muincí is luachmhaire.

Bí cinnte nach bhfaigheann sise éadaí dara lámh óna deirfiúr.'

Bhain Aoife croitheadh as a cloigeann.

'Táim cinnte nach bhfaigheann. Agus bí cinnte go gceannaítear gach rud dá bhfuil aici sna siopaí is fearr.'

'Sea,' arsa Niamh. 'Gach uile rud luachmhar, álainn, galánta. Gan rud ar bith de dhíth uirthi. An rud nach dtuigim ná ...'

Stop sí i lár abairte. Tháinig smuilc uirthi agus í ag breathnú i dtreo an dorais.

Bhí grúpa beag cailíní tar éis siúl isteach i seomra na gcótaí. Cailín dorcha, dathúil ina measc. Ag a dó dhéag bhí sí ard dá haois, cúpla ceintiméadar níos airde ná aon duine eile sa ghrúpa. Dath na gréine fós le feiceáil ar a haghaidh cé go raibh sé imithe i léig beagáinín tar éis gheimhreadh na hÉireann. Áilleacht na Spáinne ag lonrú ina dá shúil a bhí chomh dorcha sin go raibh sé deacair a dhéanamh amach an raibh siad dubh nó donn.

Fiú san éide scoile bhí galántacht ag baint léi.

'Comhghairdeas, a Chonchita,' arsa duine den slua. 'Déanfaidh tú jab iontach,'

Ní dúirt Conchita tada.

D'fhéach sí i dtreo Aoife agus Niamh. D'oscail sí a béal. Í ar tí rud éigin a rá. Níor thug Aoife seans di.

'Fág seo, a Niamh!' ar sise.

Rug siad beirt ar a málaí arís. Amach leo sa halla agus chas i dtreo an phríomhdhorais.

Lean súile Chonchita iad go dtí go raibh siad imithe as radharc. Lig sí osna agus chas i dtreo a cóta féin.

2

'Fós ar buile?'

Phreab an bheirt chailíní. A gcairde, Cathal, Liam agus Conall a bhí ann.

'Cén fáth nach mbeimis ar buile?' arsa Niamh. 'Nach bhfuil leath na scoile mar an gcéanna?'

Sheas Conall siar agus d'fhéach sé orthu go smaointeach. Ansin rug sé ar rosta Niamh, d'ardaigh sé a lámh chlé féin agus thosaigh ag breathnú ar a uaireadóir is é ag comhaireamh, cuisle Niamh á thomhas aige, mar dhea.

'Hmm!' ar seisean. 'Mar a cheap mé!'

Thuig Cathal an cluiche láithreach.

'Céard é, a dhochtúir? An bhfuil sí chun bás a fháil?'

'Ní dóigh liom é,' arsa Conall. 'Ní go fóill ar aon nós.'

'Céard é mar sin?'

D'fhéach Conall thar a ghualainn amhail is nár theastaigh uaidh go gcloisfí é. Ansin labhair sé i nguth íseal.

'Táimse den tuairim go bhfuil an galar glas uirthi.'

Chas sé i dtreo Aoife ansin. D'fhéach sé go cúramach uirthi, iniúchadh á dhéanamh aige ar a gruaig fhada fhionn, ar a haghaidh. Rug sé ar lámh léi agus rinne iniúchadh uirthi sin freisin. Lig sé osna throm.

'Orthu beirt, faraor!'

'An galar glas?' arsa Cathal agus é an-dáiríre mar dhea. 'Céard é sin? Tinneas boilg, an ea?'

'Ní hea,' arsa Conall.

'An bhruitíneach mar sin?'

Phléasc na buachaillí amach ag gáire. Ní raibh Aoife róshásta leo. Chuir sí smuilc uirthi féin.

'Má tá éad orainn tá údar maith leis. Cé chomh minic is a bhí sise in Áras an Uachtaráin? Cé chomh minic is ar bhuail sí leis an Uachtarán cheana féin?'

Chuir Liam a mhéar lena bheola.

'Sshh! Bí cúramach. Cloisfidh sí thú. Beidh sí amach inár ndiaidh.'

Ba chuma le hAoife. Cén fáth ar chóir di a guth a ísliú.

'Má chuireann an fhírinne isteach uirthi ní ormsa atá an locht! Bí cinnte go gcroitheann sise lámh leis an Uachtarán gach dara seachtain ag na hócáidí galánta sin a mbíonn a hathair ag freastal orthu?'

'Is dócha é,' arsa Liam. 'Seans maith gur minic a chaith sí dinnéar léi san Áras!'

Bhí siad go léir ciúin ar feadh cúpla soicind. Dinnéar in Áras an Uachtaráin! Níor tharla a leithéid d'aon duine acu riamh agus ba bheag seans a bhí ann go dtarlódh sa ghearrthéarma ar a laghad!

Ba é Cathal a bhris an tost.

'Meas tú an mbíonn buirgéirí agus sceallóga acu san Áras?'

'Cinnte,' a d'fhreagair Conall. 'Le citseap i mbuidéal dearg plaisteach.'

Chuir sé guth ardnósach air féin.

'A ghiolla, ruainne beag citseap ar an sceallóg sin led thoil. Ní an ceann sin. An ceann eile sin ar chlé!'

Faoin am gur scar siad óna chéile ag an gcrosbhóthar bhí siad go léir sna trithí gáire – Aoife san áireamh!

3

Bhí Conchita an-chiúin sa rang an mhaidin dar gcionn. Fiú ag am sosa thug sí leabhar léi amach sa chlós agus shuigh sí léi féin is í ag léamh. Chuaigh cúpla duine dá dlúthchairde féin chun cainte léi ach ba léir nach raibh fonn cainte ná fonn spraoi uirthi.

Bhí trua ag Liam di.

'Ní uirthi siúd atá an locht,' a dúirt sé agus é ag baint plaic as a cheapaire. 'Ní féidir leat do thuismitheoirí a roghnú. Ní ise a shocraigh go mbeadh ambasadóir aici mar athair.'

Bhí Liam ar dhuine de na daoine ba chiallmhaire sa rang agus thuig gach duine go maith go raibh an ceart aige. Ní raibh fonn ar Niamh géilleadh don fhírinne chomh héasca sin, áfach!

'Meas tú an raibh aon chaimiléireacht i gceist sa chrannchur sin?' a dúirt sí. 'Tá sí dathúil. Tá sí uasaicmeach. B'fhéidir gur tharraing an máistir a hainm d'aon ghnó.'

'Ná bí seafóideach,' arsa Liam. 'Ní dhéanfadh an máistir a leithéid.'

'Ní dhéanfadh,' arsa Aoife, 'agus ní dhearna. Nach raibh mise ag cabhrú leis. Chuir mé féin na hainmneacha go léir isteach sa bhosca. Tá a fhios agam go raibh gach rud mar ba chóir.'

'Sea … ach d'fhéadfadh sé a bheith ag breathnú orthu agus an t-ainm á tharraingt amach aige. Nó d'fhéadfadh nárbh é ainm Conchita a tharraing sé ach go ndúirt sé …'

Bhris Aoife isteach orthu.

'Ní raibh sé ag breathnú ar na hainmneacha. Ní fhéadfadh sé é a dhéanamh. Níl aon cheist faoi. Bhí mise díreach in aice leis agus a lámh á cur isteach sa bhosca aige. Ní raibh sé ag breathnú ar an mbosca fiú. D'aon ghnó, bhí sé ag breathnú sa treo eile ar fad.'

'Ach cad faoin smaoineamh eile a bhí ag Niamh?' arsa Conall. 'Go raibh ainm éigin eile ina lámh aige ach go ndúirt sé ainm Chonchita?'

D'fhéach Aoife idir an dá shúil air.

'Bíonn mistéir á lorg agaibhse i gcónaí, nach mbíonn? Bhuel tá brón orm an uair seo ach níl aon mhistéir ann. Thaispeáin an máistir an t-ainm domsa sular ghlaoigh sé amach os ard é. Conchita a tarraingíodh. Caithfimid cur suas leis.'

'Is dócha é,' arsa Niamh. 'Ach tar éis duitse an oíche cheana a chaitheamh ag scríobh óráide is á cleachtadh …'

Thug Aoife sonc uillinne di.

'Tá brón orm,' arsa Niamh. 'Ní raibh sé de cheart agam é sin a rá.'

Bhí na buachaillí ag breathnú ar Aoife.

Dhearg sí.

'Ná bí buartha,' arsa Liam. 'Ní déarfaimid tada. Nach bhfuil an ceart agam, a Chathail, a Chonaill?'

'Béal faoi ghlas mar a bhíodh sna báibíní beaga,' arsa Conall agus é ag ligean air go raibh sip á tharraingt trasna a bhéil aige!

'Ar aon nós, ní tusa an t-aon duine a bhraith mar sin. Bhí chuile dhuine – idir bhuachaillí agus chailíní – ag súil go mór go ndéanfaí iad féin a tharraingt!'

'Is dócha é,' arsa Aoife. 'Ní thuigim cén fáth go bhfuil an oiread sin díomá orm. Tá a fhios agam go bhfuil sé páistiúil ach bhí mé cinnte dearfa go dtiocfadh m'ainmse amach.'

'Ná bí buartha,' a dúirt Niamh. 'Bhí mise mar an gcéanna. Bhíomar ar fad.'

'Seachas mise!' arsa Cathal go magúil. 'Bheinnse róchúthaileach!'

Chuir sé sin ag gáire iad.

'Bhuel!' arsa Aoife nuair a stop siad den gháire, 'ag an bpointe seo níl le déanamh againn ach glacadh leis an scéal mar atá agus cur suas leis. Ní maith liom é a admháil ach tá a fhios againn go léir go ndéanfaidh sí go maith é. Ní ligfidh sí an scoil síos.'

Bhí ciúnas ann arís. Iad ar fad ag smaoineamh ar Chonchita, á samhlú ag siúl suas chuig an Uachtarán.

Bláthanna á mbronnadh aici uirthi. Í ag cur fáilte roimpi thar ceann na scoile.

Bhí an ceart ar fad ag Niamh faoin oíche cheana. Leathuair an chloig ar a laghad a chaith Aoife os comhair an scátháin …

Thar ceann chuile dhuine anseo – idir mhúinteoirí agus scoláirí – ba mhaith liom fáilte a chur romhat anseo inniu chuig Scoil Mhuire. Táimid fíorbhuíoch díot as a theacht chun an leabharlann nua a oscailt go hoifigiúil … bleá… bleá… bleá.

Cén mhaith di é! Bhí sé sa bhosca bruscair faoin am seo agus ba chuma céard a déarfadh sí le daoine eile bhí a fhios ag Aoife go raibh sí fós go mór in éad le Conchita.

Í féin agus a hathair saibhir! Cén fáth go mbíonn gach uile rud ag daoine áirithe!

4

'*Bígí go maith anois is ná déanaigí an scoil a ligean síos.* Má chloisim é sin oiread is uair amháin eile spréachfaidh mé!'

Bhí an cúigear cara taobh amuigh den gheata.

Go tobann léim Cathal amach os comhair an ghrúpa bhig. D'ardaigh sé a lámh is é ag iarraidh ciúnais. Thosaigh sé ag siúl suas síos mar a bheadh cigire ag breathnú ar líne saighdiúirí.

'Aoife! Go díreach! Seas suas díreach! A Chonaill! Do ghuaillí. Siar le do thoil. Ní seanfhear thú!'

'Gabh mo leithscéal, a Bhean Uí Cheallaigh,' arsa Conall agus na guaillí á gcur siar chomh fada sin aige gur bheag nár thit sé.

Thosaigh Liam agus Aoife ag gáire.

'Cén gáire é seo?' arsa Cathal. 'An é go gceapann sibh go bhfuil sé greannmhar an scoil a ligean síos os comhair an Uachtaráin? Os comhair an náisiúin uile?'

Chas sé i dtreo Niamh ansin.

'Breathnaigh ortsa. Cad a tharla don éide scoile sin? Ar chodail tú inti?'

'Gabh mo leithscéal, a Bhean Uí Cheallaigh,' arsa Niamh agus í an-bhuartha, mar dhea.

Lean Cathal air.

'Agus na stocaí sin. Tarraing aníos iad láithreach! Agus cuir snas ar do bhróga! Cá bhfios ach go mbeidh grianghrafadóir i láthair ó cheann de na nuachtáin. Feicim na ceannlínte anois!

ÉIDE SCOILE SALACH AG BEIRT GHASÚR! UACHTARÁN MASLAITHE!

Nó níos measa fós –

UACHTARÁN AR BUILE MAR NÁR SHEAS PÁISTÍ GO DÍREACH!

Beimid náirithe go deo!'

'Cinnte beidh!'

Léim na páistí. Bhí an Máistir Ó hEadhra ina sheasamh ag an ngeata. Cén fad a bhí sé ann? An raibh gach rud feicthe aige? Gach focal cloiste aige?

'Gabh mo leithscéal, a mháistir,' arsa Cathal. 'Tá an-bhrón orm. Ní raibh mé ach ag magadh.'

'Ná bíodh aon imní ort, a Chathail,' arsa an máistir. 'Caithfidh mé a admháil go raibh sé an-ghreannmhar… Ach – focal comhairle.'

'Sea, a mháistir?'

'Tá roinnt mhaith oibre le déanamh agat fós ar an nguth!'

Leis sin chas sé ar a shála agus d'imigh sé leis is é ag feadaíl. Lig an grúpa ar fad osna faoisimh.

'Bhí sé sin deas uaidh,' arsa Conall. 'Ghlac sé go maith leis.'

'Ghlac,' arsa Aoife. 'Ach seans maith go bhfuil na múinteoirí chomh cráite céanna is atá muide.'

'Bhí an t-ádh liom gurb eisean a bhí ann,' arsa Cathal. 'Samhlaigh dá mba rud é gurb í Bean Uí Cheallaigh a bhí ann! Bheinn i dtrioblóid cheart ansin.'

'Bheimis ar fad!' arsa Niamh.

5

Agus Bean Uí Cheallaigh ag caint leo sa halla an mhaidin dar gcionn bhí sé deacair an gáire a choinneáil faoi smacht.

'Seasaigí go díreach anois. Cá bhfios ach go mbeidh grianghrafadóir ann ón nuachtán áitiúil nó b'fhéidir ó cheann de na nuachtáin náisiúnta.'

Bhraith Cathal súile an Mháistir Uí Eadhra air. D'fhéach sé ina threo. Bhí meangadh mór gáire ar aghaidh an mháistir. Chaoch sé súil ar Chathal. Bhí ar Chathal a cheann a chlaonadh sa chaoi is nach dtosódh sé ag gáire.

'A Chathail,' arsa Bean Uí Cheallaigh. 'Ardaigh do cheann ansin. Ná bí ag féachaint ar do bhróga.'

'Agus Niamh. Do stocaí. Cé chomh minic is a bhíonn orm a mheabhrú duit iad a tharraingt aníos!'

Faoin am sin bhí guaillí Chonaill agus Aoife ag crith. Sheas siad isteach taobh thiar de Chathal agus Liam ionas nach bhfeicfeadh Bean Uí Cheallaigh iad. D'fhéach Cathal i dtreo an mháistir arís. Bhí a cheann faoi aige siúd chomh maith.

Níor mhair an cleachtadh ach daichead nóiméad ach faoin am go raibh sé thart bhí gach duine traochta agus cantalach.

Nach raibh amhrán na scoile ar eolas acu! Nár fhoghlaim siad é trí bliana ó shin! Cén fáth a raibh orthu é a chleachtadh arís eile! Cén fáth a raibh orthu éisteacht le Conchita agus í i mbun óráide arís! Bhí an óráid ar eolas acu go léir faoin am seo.

'Agus haló, a Bhean Uí Cheallaigh,' arsa Niamh agus í ag dul amach doras an halla. 'Níl ann ach leabharlann bheag scoile. Ní leabharlann náisiúnta í. Í féin agus a cuid grianghrafadóirí is a nuachtáin náisiúnta! Beidh sí ag caint faoi cheamaraí teilifíse fós!'

'Bhfuil a fhios agaibh,' arsa Cathal agus iad ar a mbealach ar ais chuig an rang, 'tá cathú ormsa ag an bpointe seo gur tógadh an leabharlann damanta nua sin sa chéad áit. Dá bhféadfainn buama a fháil chuirfinn deireadh leis an tseafóid ar fad. Leis an leabharlann. Le cuairt an Uachtaráin. Leis na cleachtaí go léir.'

'Ach cad fúinne?' arsa Aoife. 'Bheimis ar fad marbh ansin!'

'Ní bheadh! Thabharfainn foláireamh do gach duine … Bhuel beagnach gach duine. Gach duine seachas Bean Uí Cheallaigh!'

'Níl Bean Uí Cheallaigh chomh dona sin,' arsa Liam. 'Níl ann ach go bhfuil sí faoi bhrú mar gheall ar chuairt an Uachtaráin.'

Bhí a fhios acu go raibh an ceart aige. De ghnáth bhíodh sí lách cineálta agus i gcónaí réidh le héisteacht le dalta ar bith a bhí ag iarraidh labhairt léi.

'Bhuel, b'fhéidir go dtabharfaidh mé foláireamh di siúd freisin,' arsa Cathal. 'Tríocha soicind b'fhéidir!'

'Sílim gur leor fiche,' arsa Conall agus é ag gáire.

'Bhuel pé foláireamh a thugann tú do dhuine ar bith má éiríonn leat buama a aimsiú abair liomsa é agus cabhróidh mé leat cinnte,' arsa Niamh, agus a stocaí á dtarraingt suas arís aici. 'Ní féidir liomsa mórán eile den tseafóid seo a sheasamh!'

'Mise ach an oiread!' arsa guth Spáinneach in aice leo. Stop siad go léir.

'Bhí mé ag iarraidh labhairt libh,' arsa Conchita, ' go háirithe leatsa, a Aoife.'

Bhain Aoife searradh as a guaillí.

'Abair leat!'

'Níl ann ach gur mhaith liom a rá go bhfuil brón orm.'

'Brón?'

'Sea. B'fhéidir nach gcreidfidh tú mé ach ní raibh mé ag iarraidh é seo a dhéanamh. Níor theastaigh uaim go ndéanfaí mé a roghnú don óráid ná do bhronnadh na mbláthanna.'

Bhí gach duine ciúin. Lean Conchita uirthi, blas agus tuin chainte na Spáinne fós an-láidir ina cuid Gaeilge ach í chomh líofa le duine ar bith eile sa rang.

'Tá a fhios agam – thar aon duine eile - gur bhreá leatsa é a dhéanamh agus … agus bhuel … tá brón orm.'
Ní dúirt Aoife tada. Cad a d'fhéadfadh sí a rá? Lean Conchita ar aghaidh.

'Labhair mé le Bean Uí Cheallaigh faoi inné. D'iarr mé uirthi an jab a thabhairt duitse ach dhiúltaigh sí. Dúirt sí go gcaithfí cloí leis an gcrannchur agus an tarraingt a rinne an máistir.'

'Chuaigh tú chuig Bean Uí Cheallaigh agus …'

Bhí an oiread sin ionadh ar Aoife nach bhféadfadh sí an abairt a chríochnú.

'Sea ach mar a deirim, dhiúltaigh sí.'

'Ach …'

'Tá brón orm,' arsa Conchita arís. Leis sin chas sí ar a sála agus d'imigh sí léi. Fágadh Aoife agus a béal ar leathadh.

'A thiarcais!' arsa Niamh. Céard is féidir a rá leis sin!'

Ní raibh freagra ag aon duine.

6

Dhá lá fágtha. Na páistí ar bís. Na múinteoirí trína chéile. An scoil ar fad ina cíor thuathail!

Dúirt dalta amháin go raibh Bean Uí Cheallaigh mar a bheadh sicín gan chloigeann!

Agus na daltaí ar a mbealach isteach an príomhdhoras ar maidin bhí sí taobh amuigh den oifig agus í ag caint leis an Máistir Mac Niocláis agus le hIníon Uí Riain.

'Beidh sé go hiontach don scoil ach fós féin tá cathú orm nár iarramar ar pholaiteoir áitiúil an oscailt oifigiúil a dhéanamh. Ní bheadh an tseafóid chéanna ag baint leis,' a dúirt sí.

'Ort féin atá an locht,' arsa an Máistir Mac Niocláis. 'Tusa an té a bhí ag iarraidh duine mór le rá a fháil. Agus ní féidir duine níos mó le rá a fháil ná an tUachtarán!'

'Tá a fhios agam,' arsa Bean Uí Cheallaigh. 'Ach chun an fhírinne a rá níor cheap mé go nglacfadh sí leis an gcuireadh. Agus nuair a ghlac, níor cheap mé go mbeadh an ró-oifigiúlacht is an tseafóid seo ar fad ag baint leis.'

An lá áirithe sin bhí gardaí ag siúl suas síos taobh amuigh agus iad ag breathnú sna sceacha thart timpeall ar chlós na scoile. Na páistí ar fad ag iarraidh breathnú amach an fhuinneog agus gan aon spéis acu aon obair a dhéanamh.

'A Mháistir,' arsa Cathal, 'tá damhán alla thuas ansin os do chionn. Meas tú an sceimhlitheoir é agus an bhféadfadh sé an tUachtarán a ghabháil ina ghréasán?'

'An-ghreannmhar!' arsa an Máistir Ó hEadhra. 'Anois, a Chathail, b'fhéidir gur mhaith leatsa an chéad leathuair an chloig eile a chaitheamh ag cabhrú leis na gardaí.'

'Ba bhreá liom,' arsa Cathal agus é ar bís. Léim sé as a shuíochán agus thosaigh ag cur a chuid leabhar isteach ina mhála. 'Céard atá le déanamh?'

Rinne an Máistir gáire.

'Ní gá an mála a phacáil in aon chor,' ar seisean. 'An cúnamh a bhí mise ag cuimhneamh air ná go suífeá síos ansin go deas ciúin agus go ndéanfá liosta dóibh. Céad áit sa scoil a bhféadfadh sceimhlitheoir dul i bhfolach ann.'

'Ach, a Mháistir…'

'Ná bac le do "Ach a Mháistir" anois. Is féidir leat tosú láithreach agus mura mbíonn sé déanta agat roimh dheireadh an ranga is féidir leat suí sa halla am lóin agus é a chríochnú.'

Bhí Cathal ar tí freagra a thabhairt ach thug Liam sonc dó.

'Bíodh ciall agat nó beidh sé níos measa fós,' ar seisean de chogar.

Thóg Cathal amach a chóipleabhar agus d'oscail sé go mall é. Tharraing sé chuige a pheann, lig osna agus thosaigh ag scríobh.

Céad áit a bhféadfadh sceimhlitheoir dul i bhfolach ann. Ní fhéadfadh sé smaoineamh ar oiread is ceann amháin - seachas thuas i srón mhór an mháistir b'fhéidir!

'B'fhéidir go gcoinneoidh sé sin ciúin tú don chuid eile den rang seo ar a laghad,' arsa an Máistir. 'Anois. Tógaigí amach na leabhair agus déanaigí dearmad ar a bhfuil ar siúl taobh amuigh. Is é sin mura bhfuil sibh ag iarraidh cabhrú le Cathal!'

7

Lá amháin fágtha!

Ba iad Niamh agus Conall an chéad bheirt sa halla ar maidin agus ní raibh siad ann ach nóiméad nó dhó nuair a shiúil Bean Uí Cheallaigh isteach.

Bhí beirt á lorg aici a chaithfeadh an mhaidin leis an mBleachtaire Eoghan Ó Broin agus a chomhghleacaí. Chaithfí iad a thabhairt timpeall na scoile, gach seomra agus gach cófra a thaispeáint dóibh agus aon chabhair a bheadh uathu a thabhairt dóibh.

Ní raibh uirthi an cheist a chur an dara huair.

Dhá nóiméad ina dhiaidh sin bhí na málaí scoile fágtha sa seomra ranga acu agus iad taobh amuigh de dhoras Bhean Uí Cheallaigh.

Ba mhór an spórt é. Ag siúl suas síos, isteach is amach as seomraí ranga. Iad ina seasamh ansin agus iad ag scigireacht fad a bhí an bheirt gharda ag oscailt cófraí agus ag breathnú isteach iontu. Mar a dúirt Conall, ní raibh tuairim dá laghad ag na páistí cad a bhí á lorg acu ach bhí cineál súil acu go dtiocfaidís air agus iadsan ag breathnú orthu!

Bhí an Bleachtaire Ó Broin ciúin go maith agus an-dáiríre faoina chuid oibre ach bhí an-chraic go deo ag na páistí lena chomhghleacaí – an Sáirsint Dónall Ó Néill. Bhí sé siúd thar a bheith greannmhar agus searbhasach faoin rud ar fad.

'Seasaigí siar ansin anois, a pháistí!' a deireadh sé agus leathgháire le feiceáil ar a aghaidh. 'Cá bhfios cé a bheadh i bhfolach i gcófra scoile agus é réidh le léim amach orainn?'

Ní raibh aon mheangadh gáire le feiceáil ar aghaidh a chomrádaí, áfach.

'Tá jab le déanamh againn agus caithfear é a dhéanamh i gceart. Tá trí bhagairt faighte againn ón IRA le gairid agus iad uile dírithe ar an Uachtarán. Ní féidir a bheith róchúramach.'

D'fhéach Niamh agus Conall ar a chéile. Bagairtí ón IRA. Iad dírithe ar an Uachtarán. Sin an fáth go raibh an cuardach seo ar fad ar siúl.

'Ní bhíonn cuardach mar seo ann gach uair a dtugann an tUachtarán cuairt ar scoil mar sin?' arsa Niamh.

'Ní bhíonn, muis!' arsa an Bleachtaire Ó Broin. 'Ach sa chás seo, mar a dúirt mé, ní féidir a bheith róchúramach. Má bhíonn aon fhadhb maidin amárach, orainne a leagfar an milleán.'

'Tá an ceart ar fad agat,' arsa an Sáirsint Ó Néill, ach b'fhéidir go bhfuilimid ag dul thar fóir anseo. Caithfidh mé a rá go gceapaim féin gur cur amú ama agus airgid é an cuardach is an tseafóid seo ar fad.'

B'in a cheap na páistí freisin ach ba chuma leo. Cúpla uair an chloig saor ó ranganna. Scéal iontach acu anois don rang nuair a rachaidís ar ais. Agus ar ndóigh, mar bharr ar an iomlán, bhí scrúdú mata ar siúl ag an gcuid eile den rang!

8

Bhí sé an-spéisiúil a bheith ag breathnú ar an mbleachtaire is an sáirsint agus iad i mbun oibre. Bhí spéis ar leith ag Niamh san obair mar go raibh tuairim aici go mb'fhéidir gur mhaith léi féin a bheith ina garda lá éigin.

Bhí an Sáirsint Ó Néill breá sásta gach ceist a bhí aici a fhreagairt. In ainneoin a chuid magaidh ba léir go raibh sé an-chumasach agus an-chúramach ina chuid oibre. Níor fhág sé oiread is cúinne amháin gan chuardach.

Chuir Conall ceist nó dhó air freisin ach ní raibh aon spéis aige siúd sna gardaí síochána mar ghairm bheatha. Ní raibh ann ach nár theastaigh uaidh go gcuirfí ar ais chuig an rang é! Pé scéal é, bhí sé spéisiúil an plean ar fad a chloisint don lá arna mhárach. Bheadh an rang ar bís chun é sin a chloisint freisin.

Bheadh na gardaí sa chlós óna hocht ar maidin. Bheadh an héileacaptar ann ar a ceathrú tar éis a naoi. Bheadh beirt fhear cosanta in éineacht leis an Uachtarán chomh maith lena cúntóir pearsanta.

'Beirt fhear cosanta?' arsa an Máistir. 'Shílfeá go mbeadh níos mó ná sin ag Uachtarán!'

Bhí an chuid eile den phlean ar eolas ag gach duine. Shiúlódh Conchita agus Bean Uí Cheallaigh suas chucu.

Dhéanfadh Conchita na bláthanna a bhronnadh uirthi agus chuirfeadh sí fáilte roimpi thar ceann na scoile. Ansin labhródh an príomhoide léi agus ina dhiaidh sin rachadh an tUachtarán, a cúntóir pearsanta, an príomhoide agus na fir chosanta isteach sa scoil. Leanfadh Conchita agus na múinteoirí iad agus rachadh an chuid eile isteach ansin. Síos go dtí an halla mar a mbeadh óráid ón bpríomhoide agus óráid ón Uachtarán. Dhéanfadh an Bleachtaire Ó Broin agus an Sáirsint Ó Néill an clós a sheiceáil arís agus ag glacadh leis go mbeadh gach rud ceart go leor thiocfadh siadsan isteach ag an bpointe sin.

Bhí go leor ceisteanna ag an rang … Iad uile ar bís nuair a d'inis Conall agus Niamh dóibh faoi na bagairtí a bhí tagtha ón IRA.

Agus nach ar Chonall agus Niamh a bhí an bród nuair a thug an príomhoide an scoil ar fad isteach sa leabharlann ag deireadh an lae. An scéal ceannann céanna aici – díreach mar a bhí ráite acu beirt!

9

An lá mór! Faoi dheireadh!

Bhí na páistí ar fad le bheith ar scoil ag a leathuair tar éis a hocht.

Bhí Niamh ina suí óna leathuair tar éis a sé. Éide scoile le seiceáil arís. Snas ar na bróga arís – díreach ar eagla na heagla! Agus ar ndóigh sceitimíní áthais uirthi. Conas a d'fhéadfá codladh a dhéanamh agus an tUachtarán ag teacht chun na scoile.

Bhuail sí ar dhoras Aoife ag a hocht agus bhuail siad leis na buachaillí ag geata na scoile. Ní raibh sé ach fiche tar éis ach bhí go leor daoine ann rompu.

Bhí na múinteoirí ar fad gléasta suas go galánta – éadaí nua ceannaithe ag go leor acu. Seaicéad álainn glas ar Iníon Uí Riain, sciorta bán agus blús geal buí. Í ag breathnú go haoibhinn ar fad.

Ba bheag nár phléasc na páistí amach ag gáire, áfach, nuair a chonaic siad an bheirt mháistir. Culaith, léine agus carbhat! D'fhéach siad chomh haisteach agus chomh míchompordach sin – amhail is dá mbeadh na héadaí ar iasacht acu don lá!

'Cá bhfios!' a dúirt Cathal. 'B'fhéidir go bhfuil!'

Chaith an scoil ar fad beagnach leathuair an chloig sa halla. Gach duine ar bís. Bean Uí Cheallaigh ag geallúint nach mbeadh aon obair bhaile acu go ceann dhá lá dá mbeadh gach duine iontach maith inniu.

Ba leor sin! Má bhí aon duine ag smaoineamh ar a bheith ag pleidhcíocht chuir sé sin deireadh lena chuid pleananna!

Faoi dheireadh – díreach roimh a naoi – amach leo sa chlós. Gach duine isteach ina líne féin. Múinteoirí ag siúl suas síos. Conchita chun tosaigh, í ina seasamh in aice leis an bpríomhoide.

Chuaigh Aoife suas chuici. Ba é seo an chéad uair ar labhair sí léi ón lá sin ar tháinig Conchita chuici siúd.

'Go n-éirí leat,' ar sise.

Leath meangadh mór gáire ar aghaidh Chonchita. 'Tá mé thar a bheith neirbhíseach. Tá mé cinnte go ndéanfása jab níos fearr.'

'Ní dhéanfainn,' arsa Aoife. 'Beidh tú togha! Déanfaidh tú go hiontach é. Agus tá súil agam go mbainfidh tú taitneamh as!'

Shín sí a lámh chuig Conchita. Rug Conchita ar an lámh agus chroith go láidir í.

'Go raibh míle míle maith agat. Agus arís tá brón orm nár tarraingíodh …'

Níor lig Aoife di an abairt a chríochnú.

'Ná bíodh brón ortsa. Tá brón ormsa go raibh mé chomh páistiúil faoin rud ar fad.'

Bhris Bean Uí Cheallaigh isteach orthu ag an bpointe sin.

'Aoife! Ar ais chuig do líne le do thoil.'

'Cad a bhí ar siúl agatsa?' arsa Niamh nuair a tháinig Aoife ar ais.

'Faic,' arsa Aoife. 'Bhfuil a fhios agat? Níl an Conchita sin ródhona!'

Ní raibh am acu a thuilleadh a rá. Bhí Bean Uí Cheallaigh ag iarraidh ciúnais.

Bhí Cathal agus Liam ag breathnú ar na gardaí. Iad ag siúl suas síos. Cuid acu ag labhairt isteach i bhfón póca.

Go tobann, chuala gach duine an seordán.

10

Bhreathnaigh go leor daoine ar a n-uaireadóirí. Ní raibh sé ach sé nóiméad tar éis a naoi. Bhí sí luath.

D'fhéach Bean Uí Cheallaigh thart. Bhí gach duine ina líne cheart.

Bhreathnaigh Cathal ar an mBleachtaire Ó Broin. Bhí cuma an-neirbhíseach air siúd. É ag breathnú ar a uaireadóir. É ag breathnú ansin ar an Sáirsint Ó Néill.

Chuir an Bleachtaire Ó Broin an fón póca óna lámh chlé go dtína lámh dheas agus d'imigh a lámh dheas isteach faoina sheaicéad.

Thug Cathal sonc do Liam.

'Caithfidh go bhfuil gunna aige,' ar seisean.

Le gleo an héileacaptair ní raibh Liam in ann é a chloisint, áfach.

Lean Cathal air ag breathnú ar an mbleachtaire. Ba léir go raibh sé buartha faoi rud éigin. An-bhuartha. Bhí a lámh fós faoin seaicéad aige agus é anois ag béicíl isteach san fhón póca. Ba léir, áfach, nach raibh an té a bhí ar an taobh eile den líne in ann é a chloisint.

Chuir sé an fón isteach ina phóca agus thosaigh ar a bhealach a dhéanamh timpeall ar an slua. Threoraigh sé an Sáirsint sa treo eile.

Díreach ag an bpointe sin thuirling an héileacaptar. Bhí an ghaoth is an gleo ó na liáin dochreidte.

Osclaíodh an doras agus léim beirt fhear amach. Meaisínghunnaí crochta. Tháinig beirt eile ina ndiaidh. Ceathrar fear cosanta. Bhí an ceart ag an máistir. Bhí níos mó ná beirt ann.

Ní fhaca na páistí a leithéid cheana seachas sna scannáin agus níor rith sé leo go raibh aon rud bunoscionn. Thóg sé cúpla nóiméad orthu na *balaclavas* a thabhairt faoi deara.

Bhí an Bleachtaire Ó Broin díreach in aice le Niamh agus Aoife faoin am seo. Chuala Aoife é ag béicíl.

'Coinnigh an príomhoide agus an cailín sin siar.'

Bhí sé ródhéanach, áfach.

Bhí an príomhoide agus Conchita i ngreim ag na *fir chosanta* cheana féin, gunnaí dírithe orthu ag beirt. An bheirt eile agus a meaisínghunnaí dírithe acu ar an slua. Ar na páistí go léir.

Bhí inneall an héileacaptair níos ciúine. Nó b'fhéidir nach raibh ann ach go raibh meigeafón ina lámh ag an té a thosaigh ag caint.

'Lámha san aer ag gach uile dhuine. Gardaí agus bleachtairí amach anseo chun tosaigh. Ná bíodh aon duine ag smaoineamh ar ghunna a tharraingt. Má dhéanann gheobhaidh an bheirt seo urchair sa chloigeann. Gan trácht ar an sléacht a d'fhéadfaimis a dhéanamh anseo sa chlós.'

Diaidh ar ndiaidh rinne na gardaí a mbealach tríd an slua. Bhí an Bleachtaire Ó Broin ar a ghogaide in aice le Niamh agus é fós ag labhairt isteach san fhón póca.

'Gach uile gharda. Gach uile bhleachtaire,' arsa fear an mheigeafóin. 'Tá a fhios againn cé mhéad agaibh atá anseo. Tá a fhios againn go bhfuil fón póca ag gach duine agaibh. Anois tá deich soicind agaibh. Mura mbíonn gach uile gharda anseo, a lámha san aer aige agus fón póca i gceann de na lámha sin gheobhaidh an cailín seo sa chloigeann é.'

Chroith an Bleachtaire Ó Broin a cheann, sheas sé suas agus lean a chomhghleacaithe.

'Anois rachaidh duine againn thart chun gunnaí agus fóin phóca a bhailiú ó mhúinteoirí agus ó ghardaí. Má fhanann gach duine socair beidh sibh go breá. Nílimid ag iarraidh aon duine a ghortú.'

Faoin am seo bhí cuid de na páistí ag caoineadh le heagla. Bhí an chuid eile chomh reoite is chomh sceimhlithe sin leis an eagla nach bhféadfaidís deoir a shileadh. Thiocfadh sé sin ar ball.

11

Fad is a bhí na fóin is na gunnaí á mbailiú ag duine de na sceimhlitheoirí bhí comhrá eile ar siúl thuas in aice an héileacaptair. Bhí an Máistir Ó hEadhra - a lámha fós san aer aige - i mbun cainte le duine de na sceimhlitheoirí. Ní raibh na páistí in ann rud ar bith a chloisint ach ba léir go raibh argóint nó idirbheartaíocht éigin ar siúl. An t-aon rud a chonaic siadsan ná an sceimhlitheoir a raibh Conchita i ngreim aige ag tabhairt cic don mháistir agus á leagan ar an talamh.

Bhí comhrá éigin ansin aige le mo dhuine a raibh a ghunna dírithe aige ar Bhean Uí Cheallaigh. Leis sin rinne seisean Bean Uí Cheallaigh a bhrú siar i dtreo na múinteoirí eile. Thug sé cic garbh eile don mháistir agus dhírigh sé an gunna ar a chloigeann. Shíl gach duine go raibh sé chun é a mharú. Lig páiste éigin béic as. Thosaigh Bean Uí Cheallaigh ag screadaíl.

Leis sin thug an sceimhlitheoir cic eile fós don mháistir. Pé rud a dúirt sé leis ansin, sheas an máistir suas. Rug mo dhuine go garbh air agus bhrúigh sé isteach sa héileacaptar é. Lean sé féin é. Ansin na sceimhlitheoirí eile. Duine ar dhuine. Na gunnaí fós dírithe ar an slua páistí. Conchita i ngreim ag an duine deireanach. Eisean ar dtús. Ise ar deireadh. A haghaidh i dtreo an tslua agus í ina sciath chosanta aige siúd. Sceon agus uafás le feiceáil ina súile dorcha.

An gleo uafásach sin arís ansin. Na liáin. Go tobann bhí siad imithe.

Agus an gleo ag imeacht trasna na spéire bhí na gardaí gnóthach cheana féin.

'An bhfuil fón póca ag aon duine de na daltaí? An bhfuil fón ina phóca ag aon duine?'

Ní raibh cead ag aon duine fón a bheith ina phóca aige. Bhí siad go léir istigh sa scoil.

'Ní bhfuair siad mo cheannsa,' arsa an Máistir Mac Niocláis. 'D'fhág mé i seomra na múinteoirí é ar maidin.'

'Téanam ort!' arsa an Bleachtaire Ó Broin, 'agus faigh é. Déan deifir.'

Agus an fón á fháil ag an máistir rinne beirt gharda agus na múinteoirí eile na páistí go léir a thabhairt isteach sa halla.

Bhí cuid acu ag béicíl, cuid acu ag caoineadh go ciúin agus cuid acu fós mar a bheadh róbónna. Gan focal ná deoir astu.

'Suígí síos ar an urlár,' arsa Bean Uí Cheallaigh. Bhí creathán ina glór agus í ag caint.

'Tosóimid ag cur fios ar thuismitheoirí anois ach go dtí sin déanaigí iarracht cuidiú lena chéile chomh maith agus is féidir.'

Shuigh deartháireacha is deirfiúracha móra síos leis na páistí beaga, a lámha thart timpeall orthu.

Thosaigh na múinteoirí ag dul thart ag iarraidh sólás a thabhairt dóibh siúd ba mheasa. Ach bhí cuid de na múinteoirí chomh trína chéile is chomh scanraithe is a bhí na páistí.

Shuigh an cúigear cara síos lena chéile. Bhí Niamh agus Cathal ag caoineadh. Bhí Liam agus Conall ciúin. Ba í Aoife ba mheasa. Creathán uirthi. Ó bhaithis go bonn. Chuir Liam a lámh timpeall uirthi. D'imigh Conall síos chuig seomra na gcótaí agus fuair sé cóta di. Leag sé ar a guaillí é ach fós ní fhéadfadh sí stopadh.

'Céard a dhéanfaidh siad léi?' a dúirt sí arís is arís eile. 'Cad a tharlóidh? B'fhéidir go maróidh siad í.'

Shuigh Iníon Uí Riain síos in aice léi.

'Ní haon mhaith do dhuine ar bith a bheith ag smaoineamh mar sin. Airgead a bheidh uathu, airgead fuascailte, agus seans maith go scaoilfear saor ansin í.'

'Ach mura n-íocann a tuismitheoirí an t-airgead fuascailte? Mura ligeann na gardaí dóibh é a íoc? Nó má iarrann na fuadaitheoirí níos mó ná mar atá acu?'

Bhí na páistí ag smaoineamh ar scéalta a bhí cloiste acu cheana. Méar sa phost. Corp caite ar thaobh an bhóthair. Ba léir go raibh na smaointe céanna ag rith trí intinn Iníon Uí Riain.

'Caithfimid a bheith láidir,' ar sise. 'Táim cinnte dearfa go scaoilfear saor í agus go mbeidh sí ar ais inár measc taobh istigh de chúpla lá.'

Scéal eile a bhí le léamh ina súile, áfach.

12

Diaidh ar ndiaidh bhí an halla ag éirí ciúin. Tuismitheoirí ag teacht is a gcuid páistí á mbailiú acu. Na gardaí taobh amuigh ag lorg aon bhlúirí fianaise a bhí fágtha ina ndiaidh ag na fuadaitheoirí.

Bhí ceamaraí teilifíse, iriseoirí agus grianghrafadóirí ag an ngeata, iad ag iarraidh labhairt le duine ar bith a bhí sásta labhairt leo. Ní ligfeadh na gardaí dóibh agallamh a chur ar aon pháiste, áfach. Bhí beirt ag an ngeata arbh é an príomhdhualgas a bhí orthu ná a chinntiú nár cuireadh isteach ar thuismitheoirí ná ar pháistí.

Tháinig máthair Aoife thart ar a deich. Fós bhí Aoife ar crith. Tae le cúpla spúnóg siúcra, a mhol duine de na gardaí.

'Agus mura dtagann feabhas uirthi cuir fios ar an dochtúir.'

Faoina leathuair tar éis a deich ní raibh ach tuairim is tríocha dalta fágtha sa halla – daoine a raibh a dtuismitheoirí amuigh ag obair.

'Tá eochair agam féin,' arsa Liam. 'Ligim mé féin isteach sa teach gach lá tar éis na scoile.'

Tar éis imeachtaí na maidine, áfach, ní ligfeadh Bean Uí Cheallaigh aon duine abhaile go dtí gur tháinig tuismitheoir nó feighlí faoina gcoinne. Ar deireadh ní raibh fágtha ach Liam agus Cathal. Iad féin, Bean Uí Cheallaigh agus a beirt pháistí siúd.

Beirt chailíní a bhí aici, duine acu – cailín beag cúig bliana d'aois – fós ag caoineadh go ciúin agus í ina suí ar ghlúin a máthar. An cailín eile, í dhá bhliain ní ba shine ná a deirfiúr agus í ag iarraidh a bheith chomh cróga agus a bhí ar a cumas. D'fhan sí ina seasamh ina aice le Bean Uí Cheallaigh, gan gíog ná míog aisti, lámh a máthar thart timpeall uirthi.

'Céard faoin Mháistir Ó hEadhra?' arsa Liam. 'Cén chaoi ar tharla sé gur thug na fuadaitheoirí eisean leo ag an deireadh?'

'Bhí sé chomh cróga sin,' arsa Bean Uí Cheallaigh. 'Ar dtús thosaigh sé ag impí orthu Conchita agus mé féin a scaoileadh saor. Ansin thairg sé é féin in áit Chonchita. Agus nuair nach nglacfaidís leis sin thairg sé é féin dóibh i m' ionadsa.'

'I d'ionadsa? Cén fáth?'

Bhí Bean Uí Cheallaigh ag caoineadh faoin am seo. Na deora ag rith síos a leicne.

'Beidh mé buíoch de go deo.'

D'fhéach sí ar a beirt iníonacha agus d'fháisc chuici iad.

'Dúirt sé leo go raibh páistí agamsa agus nach raibh aige siúd. Bhí sé chomh cróga sin. Fíorchróga.'

'Cén fáth nár thóg siad an triúr agaibh?'

'Níl a fhios agam,' arsa Bean Uí Cheallaigh. 'Is dócha nach raibh aon spéis acu ann siúd ná ionamsa. Sílim gurb í Conchita bhocht a bhí uathu.'

13

Fuair an Máistir Ó hEadhra ardmholadh ar nuacht a sé an tráthnóna sin. Bhí agallamh le Bean Uí Cheallaigh, leis an Máistir Mac Niocláis agus le cúpla duine de na daltaí freisin. Dlúthchairde Chonchita. Iad go léir trína chéile. Iad go léir ag caoineadh.

'Ní fhéadfá duine ní ba dheise a shamhlú,' a dúirt cailín amháin. 'An cara is fearr ar domhan. Airím uaim go mór í.'

Agallamh i ndiaidh agallaimh. An Bleachtaire Ó Broin in aice leis an héileacaptar a bhí tréigthe i bpáirc iargúlta. Gan fágtha ann ach mála ina raibh fón póca Bhean Uí Cheallaigh. Ní raibh fóin na múinteoirí eile ann.

Ach níorbh iad fóin phóca na múinteoirí a bhí ag déanamh tinnis don Bhleachtaire Ó Broin ach pé veain nó carr inar éalaigh na fuadaitheoirí ón bpáirc. Cúnamh an phobail a bhí uaidh is é ag iarraidh eolais ó dhuine ar bith a chonaic carr nó veain sa cheantar.

Labhair an tuairisceoir ansin le hurlabhraí ó Áras an Uachtaráin. Thug sise cuntas ar an gcaoi a raibh héileacaptar an Uachtaráin ar tí an tÁras a fhágáil nuair a fuair siadsan scéal an fhuadaigh. Ansin, thar ceann an Uachtaráin geall sí gach cúnamh do na gardaí agus don ambasadóir.

Bhí tuismitheoirí Chonchita ar Nuacht a Sé freisin. Ag breathnú ar an mháthair shílfeá gurb í Conchita a bhí ann, na súile dorcha agus na ceannaithe céanna acu beirt. Ba léir go raibh sí trína chéile. Í ag labhairt i Spáinnis, guth Éireannach i mbun aistriúcháin.

'Mo ghrá thú 'Chonchita. Bí cróga agus beidh tú ar ais linn go luath.'

Ní raibh an creathán céanna i nglór an aistritheora agus a bhí i nglór na máthar.

Bhí an t-athair i bhfad ní ba láidre. Gach focal ráite go cúramach. Ní raibh aon ghá aige siúd le haistritheoir. Gaeilge iontach aige ar Nuacht TG4. Béarla iontach aige ar Nuacht RTÉ. Arís d'iarr seisean ar Chonchita a bheith cróga. Dúirt sé go ndéanfadh sé féin agus a máthair gach rud chun í a fháil ar ais slán sábháilte. D'fhéach sé isteach sa cheamara ansin agus labhair sé go díreach leis na fuadaitheoirí. D'iarr sé orthu dul i dteagmháil leis láithreach agus gan fanacht go dtí an lá dar gcionn. D'iarr sé orthu freisin aire a thabhairt do Chonchita.

'Agus', ar seisean ag an deireadh. ''Chonchita, a stóirín, mo ghrá go deo thú. Ní fada go mbeidh tú ar ais linn arís. Geallaimse duit é.'

14

Bhí an scoil dúnta an lá dar gcionn. Tháinig na cairde le chéile i dteach Aoife. Chaith siad go leor den lá ag dul ón raidió go dtí an teilifís, iad ag súil le scéal nua faoin bhfuadach.

'Meas tú an bhfuil siad cineálta léi?' arsa Niamh. Bhí Cathal amhrasach ach shíl Liam go mbeidís deas léi.

'De ghnáth bíonn fuadaitheoirí deas agus cairdiúil leis an té atá fuadaithe acu.'

'Cá bhfios duit?'

'Léigh mé leabhar faoi chúrsaí fuadaigh sa leabharlann. Scéal faoin bhfiaclóir seo a fuadaíodh agus faoi dheireadh nuair a scaoileadh saor é bhí cineál uaignis air i ndiaidh na bhfuadaitheoirí.'

'Uaigneas?' arsa Aoife. 'Cén chaoi a mbeadh uaigneas air?'

'Bhí siad chomh deas sin leis agus é i ngéibhinn acu. Dúirt sé sa leabhar nach raibh rud ar bith de dhíth air agus go raibh an bia níos fearr ná mar a bheadh aige sa bhaile!'

Bhí ionadh ar an gceathrar eile. Fíor nó bréag, áfach, ba mhaith leo a chreidiúint go raibh an ceart ag Liam agus go mbeadh na fuadaitheoirí cineálta le Conchita.

'Cén fáth nach mbeadh?' arsa Liam. 'Níl uathu ach an t-airgead. Cén mhaith dóibh í a ghortú.'

'Ar a laghad tá an máistir léi,' arsa Aoife. 'B'fhearr liom eisean a bheith liom ná Bean Uí Cheallaigh!'

Ar Nuacht a Sé an oíche sin bhí an scoil le feiceáil arís agus slua mór gardaí agus bleachtairí ann. Iad fós ag siúl thart ag lorg fianaise. Bhí an chuma ar an scéal, áfach, nach raibh ag éirí go rómhaith leo.

'Tá na fuadaitheoirí seo cliste,' a dúirt an Bleachtaire Ó Broin. 'Agus iarraimid orthu dul i dteagmháil linn anocht nó amárach. Níl i Conchita ach cailín óg agus impímid orthu í a thabhairt ar ais slán sábháilte láithreach.'

Chas sé i dtreo an cheamara arís agus labhair sé díreach isteach ann.

'Is féidir libh dul i dteagmháil liomsa nó leis an ambasadóir. Táimid sásta labhairt libh. Táimid sásta idirbheartaíocht a dhéanamh.'

'An rud nach dtuigim,' arsa Liam, 'ná an chaoi a deir siad go bhfuil siad sásta idirbheartaíocht a dhéanamh. Ach tá a fhios againn go léir nach mbíonn na gardaí sásta riamh idirbheartaíocht a dhéanamh le fuadaitheoirí nó sceimhlitheoirí.'

D'aontaigh Conall leis.

'Sea. Má ghlaonn siad ar na gardaí ní bheidh uathu siúd ach a oibriú amach cad as a bhfuil an glaoch ag teacht ionas gur féidir leo dul ann, na fuadaitheoirí a ghabháil agus Conchita a scaoileadh saor. Tá a fhios againn go léir é sin. Agus bímis cinnte go dtuigeann na fuadaitheoirí é sin freisin.'

Tháinig imní ar Aoife nuair a chuala sí an méid sin.

'An gciallaíonn sé sin nach ndéanfaidh siad an fón a ardú agus nach nglaofaidh siad in aon chor? Más mar sin atá conas a shocróidh siad airgead fuascailte agus conas a gheobhaidh siad Conchita ar ais?'

Ní raibh freagra na ceiste sin ag aon duine.

15

An mhaidin dar gcionn bhí an scoil ar oscailt arís. Bhí tionól sa halla ar a naoi a chlog. D'iarr Bean Uí Cheallaigh ar gach duine paidir a rá go ciúin agus iarraidh ar Dhia aire a thabhairt do Chonchita agus don Mháistir Ó hEadhra agus an bheirt acu a thabhairt ar ais chucu slán.

Chloisfeá biorán ag titim agus gach páiste ag guí ar a bhealach féin.

Ina dhiaidh sin, labhair Bean Uí Cheallaigh arís. Thuig sí, a dúirt sí, go raibh gach duine fós trína chéile. Ach b'fhearr dóibh go léir a bheith gnóthach. Sin an fáth go raibh an scoil ar oscailt arís. D'iarr sí ar gach duine a bheith chomh láidir agus chomh cróga agus a bhí ar a chumas. A luaithe is a bheadh aon scéal aici bheadh sí ag caint leo arís.

Diaidh ar ndiaidh, d'imigh na ranganna leo ón halla. Gach rang lena mhúinteoir féin. Seachas rang an mháistir.

Bhí tocht i scornach Aoife. D'fhéach sí thart. Bhí go leor den rang ag caoineadh go ciúin. Ní raibh an máistir ródhona. Bhí acmhainn grinn aige. An lá sin a bhí Cathal ag aithris ar Bhean Uí Cheallaigh bhí sé fíordheas faoi. Níor tharraing sé aon trioblóid orthu. Cé a bheadh acu nuair nach raibh seisean ann?

Bhí an cheist chéanna le sonrú ar aghaidh gach duine sa rang.

'Fanfaidh mise libhse don lá inniu,' arsa Bean Uí Cheallaigh. 'Rachaimid síos chun an tseomra ranga anois.'

Síos leo go mall ciúin.

Bhí binse Chonchita mar a bheadh altóir beag i lár an tseomra. Bhí cúpla duine tar éis bláthanna a thabhairt isteach agus iad a leagan air.

'In ainm Dé, níl sí marbh,' arsa Aoife.

D'fhéach Bean Uí Cheallaigh uirthi. Labhair sí go ciúin léi.

'Bíonn a bhealach féin ag chuile dhuine le déileáil le huafás den chineál seo. Má chabhraíonn sé le daoine bláthanna a fhágáil do Chonchita lig dóibh é a dhéanamh. Táim cinnte go mbainfidh sí taitneamh astu nuair a thagann sí ar ais chugainn.'

Thug sí obair dóibh ansin ach níor chuir sí aon bhrú ar aon duine é a dhéanamh.

'Má chabhraíonn sé libh an obair a dhéanamh, déanaigí é. Má chabhraíonn sé libh labhairt lena chéile déanaigí bhur rogha rud.'

Tharraing duine nó beirt chucu na leabhair agus thosaigh siad ag obair ach den chuid is mó bhí na páistí ag caint nó ag spraoi ar fhóin phóca. De ghnáth bheadh cosc iomlán ar fhóin phóca sa scoil ach inniu ba chuma le Bean Uí Cheallaigh. D'fhág sí a fón póca féin ar siúl freisin.

'Ceann nua,' a dúirt sí.

Cé go bhfuair sí an seancheann ar ais ó na gardaí an oíche roimhe sin ní raibh aon mheas aici air a thuilleadh. Ní raibh aon fhonn uirthi fón a bheith aici a bhí i seilbh na bhfuadaitheoirí.

D'fhág sí an fón nua ar an mbord ag barr an tseomra. Ar eagla go mbeadh scéal ar bith ag teacht ó na gardaí nó ó mhuintir Chonchita.

16

Tuairim is a dó dhéag bhuail an fón. Chloisfeá biorán ag titim sa seomra ranga agus Bean Uí Cheallaigh á chur lena cluais.

'Haló. Síle Uí Cheallaigh anseo.'

Í ag siúl i dtreo an dorais agus í ag caint. 'Go hiontach. Sin tús maith ar a laghad.'

Dhún sí an doras ina diaidh.

'Caithfidh gur dea-scéal atá ann,' arsa Niamh. 'B'fhéidir go bhfuil Conchita agus an máistir aimsithe ag na gardaí.'

'Ní dóigh liom go dtarlódh sé chomh tapa sin,' arsa Liam.

Sula raibh deis aige a thuilleadh a rá osclaíodh an doras arís.

'Dea-scéal,' arsa Bean Uí Cheallaigh. 'Tá na gardaí tar éis teacht ar an Máistir Ó hEadhra.'

'Cá háit?'

'An bhfuil sé ceart go leor?'

'Céard faoi Chonchita?'

'Aon scéal fúithi siúd?'

'Foighid oraibh!' arsa Bean Uí Cheallaigh. 'Má fhanann sibh nóiméad déarfaidh mé libh.'

Chiúnaigh an rang arís.

'Níor éirigh leo Conchita a fháil ar ais fós ach tá an Máistir Ó hEadhra i Stáisiún na nGardaí faoi láthair.

Rinne na fuadaitheoirí é a chaitheamh amach ar thaobh an bhóthair maidin inniu. Bhí ceangal cos is lámh air agus bhí púicín air sa chaoi is nach mbeadh a fhios aige cá raibh sé. Ach thug na fuadaitheoirí nóta dó le tabhairt do mhuintir Chonchita.'

'Ach an bhfuil Conchita ceart go leor? An ndúirt an máistir aon rud fúithi?'

'Chomh fada agus is eol don mháistir, tá. Dúirt sé go bhfaca sé aréir í agus go raibh sí ceart go leor an uair sin. Bia, deoch, gach rud mar sin aici.'

'An raibh sí scanraithe?"

'An raibh sí trína chéile?'

Lean na ceisteanna ar aghaidh is ar aghaidh ach mar a dúirt Bean Uí Cheallaigh leo níorbh fhiú ceisteanna a chur uirthi siúd. Ní raibh ar eolas aici ach an méid a bhí ráite aici.

Ní raibh aon eolas aici faoina raibh sa litir ó na fuadaitheoirí. Litir chuig an ambasadóir. Seans maith go raibh siad ag lorg airgead fuascailte air. Seans maith go gcoinneoidís féin agus na gardaí pé rud a bhí sa litir sin faoi rún.

'Anois,' a dúirt sí. 'Coinnigí bhur gceisteanna. Rachaimid go léir síos go dtí an halla agus beidh tionól againn. Gheall mé do gach duine ar maidin go ndéanfainn aon eolas a bheadh agamsa a roinnt leo.'

17

An lá dar gcionn bhí an Máistir Ó hEadhra ar ais ar scoil. 'B'fhearr liom a bheith gnóthach,' a dúirt sé le Bean Uí Cheallaigh. 'Nílim ag iarraidh a bheith sa bhaile liom féin ag smaoineamh air seo. Agus pé scéal é, déanfaidh sé maitheas do na páistí a chloisint uaimse go bhfuil Conchita slán.'

Thug an scoil bualadh bos mór dó nuair a shiúil sé isteach sa halla. Bhí a rang féin ar bís chun an halla a fhágáil. Thosaigh na ceisteanna a luaithe is a shroich siad an seomra ranga.

'An bhfuil aon tuairim agat cá raibh tú?'

'An raibh na fuadaitheoirí gránna leat?'

'An raibh púicín ort?'

'An raibh gobán ar do bhéal?'

'An raibh siad cruálach?'

'Cén sórt bia a thug siad duit?'

'Ar thug siad aon bhia duit?'

Ceist i ndiaidh ceiste. Fiú dá mbeadh fonn air ní fhéadfadh sé iad ar fad a fhreagairt. Agus leis an gcaoi a raibh na ceisteanna á gcaitheamh chuige ní raibh deis aige aon fhreagra a thabhairt.

'Bígí ciúin!' arsa Niamh ar deireadh. 'Bígí ciúin. Tabhair seans dó an scéal a insint dúinn.'

'Go raibh maith agat, a Niamh,' arsa an Máistir. 'Shíl mé nach bhfaighinn deis mo bhéal a oscailt go deo! Cá dtosóidh mé? Leis an turas héileacaptair?'

'Níos luaithe fiú,' arsa Cathal. 'Inis dúinn faoin gcomhrá a bhí agat leis na fuadaitheoirí roimhe sin? Nuair a bhí tú ag iarraidh idirbheartaíocht a dhéanamh leo?'

'Sea. Tosaigh leis sin!'

Thuirling tost ar an seomra ranga. Bhí an stáitse ag an Máistir Ó hEadhra. Gach súil dírithe air.

'Níl a fhios agam an dtabharfainn idirbheartaíocht air! Shíl mé ar dtús go bhféadfainnse idirbheartaíocht a dhéanamh leo. Ach ní féidir argóint le daoine mar iad. Thuig mé tapa go leor nach raibh mé ach ag cur ama amú ag iarraidh orthu Conchita a scaoileadh saor. Agus ansin, níl a fhios agam cén fáth ach ní fhéadfainn ligean dóibh Bean Uí Cheallaigh a bhreith leo. Tá páistí aici, duine acu fós i Rang na Naíonán. Níl aon duine ag brath ormsa. Agus ar chúis éigin b'in a tháinig isteach i mo cheann.'

D'fhéach sé ar na haghaidheanna go léir a bhí ag breathnú air. Cuid acu á adhradh mar a bheadh laoch.

Rinne sé leathgháire.

'Ná bíodh aon duine ag ceapadh gur laoch mé. Dá mbeinn ag smaoineamh i gceart ní dóigh liom go ndéanfainn é in aon chor.'

'Cár thug siad sibh?' arsa Liam.

Ní raibh tuairim ag an máistir. Cuireadh púicín air a luaithe is a bhí sé sa héileacaptar.

'Ní rabhamar i bhfad san aer. Cúig nó deich nóiméad b'fhéidir. Ansin carr ar feadh fiche nóiméad nó mar sin. Agus ansin carr eile. Fiche nóiméad nó leathuair an chloig eile. Agus ansin an tríú carr. Bhí sé deacair cuntas a choinneáil ar chúrsaí ama.'

'An raibh an púicín ort an t-am ar fad?'

'Bhí. Agus ar chúis éigin bhain siad m'uaireadóir díom freisin. Is dócha nár theastaigh uathu go mbeadh a fhios agam cén fad a mhair an turas ná cén fad a bhí mé sa teach. Chuir siad ar ais i mo phóca é maidin inné.'

'Cad faoi Chonchita?' arsa duine dá cairde. 'An raibh deis agat labhairt léi?'

'Sa charr? Ní raibh.' arsa an máistir. 'Agus nuair a shroicheamar ár gceann scríbe cuireadh isteach i seomraí éagsúla muid ar dtús. Ní fhaca mé Conchita arís go dtí an oíche dheireanach a chaith mé ann. B'in arú aréir.'

'Agus?'

Bhí gach súil ar an mháistir. An uile fhocal uaidh á shlogadh ag gach uile pháiste.

'Agus? Cén chaoi a mbeadh aon duine agaibh dá mbeadh sibh fuadaithe mar sin? Bhí sí chomh maith is a d'fhéadfadh sí a bheith is dócha. Tuirseach. Scanraithe. Uaigneach. Ach go fisiciúil ní raibh aon rud de dhíth uirthi. Ní raibh ocras uirthi. Ná tart. Dúirt sí go raibh na fuadaitheoirí cineálta go leor léi. Glacaim leis go raibh mar gur mar sin a bhí siad liomsa. Béasach go leor. Déarfainn nach bhfuil uathu ach airgead. Ní dóigh liom féin go maróidh siad í.'

'Cad a dhéanann sí an lá ar fad? An bhfuil teilifís aici?'

'Ní raibh aon teilifís sa seomra ina raibh sí ach bhí beart leabhar fágtha ann di. Ní raibh mé léi ar feadh i bhfad. Deich nóiméad, b'fhéidir. Ansin thug siad ar ais go dtí mo sheomra féin arís mé. Agus ar maidin chuir siad an púicín orm arís. Cheangail siad mo lámha agus mo chosa agus chuir siad isteach i gcarr mé. An scéal céanna ansin. Ó charr go carr. Trí charr arís sílim. Agus caite amach ar thaobh an bhóthair. Litir i mo phóca do mhuintir Chonchita.'

'An bhfuil aon tuairim agat cad a bhí sa litir?' arsa Conall.

Ní raibh. Ghlac sé leis go raibh an ceart ag Bean Uí Cheallaigh agus go raibh na fuadaitheoirí ag éileamh airgead fuascailte. Cad eile a bheadh uathu?

'Cén fáth nár oscail tú é?'

Mhínigh an máistir nár theastaigh uaidh cur isteach air ar eagla go mbeadh fianaise éigin – méarlorg nó a leithéid – ag baint leis.

'Agus an raibh?'

Arís ní raibh tuairim aige. Thug sé an litir do na gardaí. Ghlac siadsan ráiteas uaidh. Chuir siad trí mhíle ceist air faoi na fuadaitheoirí. Airde? Éadaí? Guthanna? Canúintí? Aon eolas a chabhródh leo.

Trí mhíle ceist eile faoin teach. Leagan amach? Troscán? Pictiúir ar na ballaí?

Lean scéal an mháistir ar aghaidh. Ceisteanna. Freagraí. An lucht éisteachta faoi dhraíocht aige.

'Agus an raibh tú in ann cabhrú leo?'

'Bhí is dócha – go pointe. Is é sin más féidir cabhair a thabhairt air. Ní fhaca mé aghaidh aon duine acu. Bhí *balaclava* ar gach éinne an t-am ar fad.

Bean Uí Cheallaigh a bhris an draíocht ar deireadh. Bhí an rang ar fad chomh sáite sin i scéal an mháistir nach bhfaca siad í ag bun an tseomra. Ní raibh tuairim acu cén fad a bhí sí ann.

'Breathnaígí,' ar sise. 'Tá an Máistir Ó hEadhra traochta. Tá mé cinnte go bhfuil an scéal seo inste aige arís agus arís eile do na gardaí. Sílim go bhfuil sos tuillte aige anois. Amach libh le haghaidh lóin agus déanfaidh mise cupán caife dó.'

18

Bhí go leor ráflaí ag dul timpeall na scoile an lá sin. Na fuadaitheoirí ag iarraidh milliún euro. Nótaí úsáidte cheana. Nótaí caoga euro. Nótaí fiche euro. Nótaí céad euro. An scéal ag athrú ó bhéal go béal. Ó nóiméad go nóiméad!

Faoin am a raibh na páistí ag dul abhaile ar a leathuair tar éis a dó bhí caoga milliún euro i gceist.

'Níl a fhios ag aon duine,' arsa Cathal. 'Níl iontu ach scéalta.'

'Ach pé méid atá uathu an gceapann tú go ligfidh na gardaí don ambasadóir é a íoc?'

B'in an cheist ba mhó a bhí ag déanamh tinnis d'Aoife. Fós d'airigh sí go dona faoin gcaoi ar chaith sí le Conchita cé go bhfuair sí faoiseamh éigin as an gcaoi ar labhair sí léi díreach roimh an bhfuadach.

Bhí rud eile ag déanamh tinnis di freisin. Bhí Conchita tar éis iarraidh ar Bhean Uí Cheallaigh cead a thabhairt d'Aoife na bláthanna a bhronnadh ar an Uachtarán. Céard a tharlódh dá ligfeadh Bean Uí Cheallaigh di siúd é a dhéanamh? Ní bheadh aon spéis ag fuadaitheoirí inti siúd. Cén chaoi a raibh a fhios ag na fuadaitheoirí go mbeadh Conchita ag barr an tslua. An raibh ceangal ag na fuadaitheoirí le duine éigin sa scoil? Duine den fhoireann b'fhéidir?

Nuair a bhí gach duine eile imithe abhaile d'fhan an cúigear cara sa seomra ranga tamall á phlé. Cén fáth nár thug na fuadaitheoirí Bean Uí Cheallaigh leo? Arbh í siúd an ceangal? B'fhéidir gurb in é an fáth nach ligfeadh sí do Chonchita an jab a thabhairt do dhuine ar bith eile.

Nó an Máistir Ó hEadhra? Eisean a rinne an tarraingt. An raibh Aoife céad faoin gcéad cinnte go raibh gach rud mar ba chóir.

'Chonaic mé an t-ainm ina lámh díreach tar éis dó é a tharraingt. Níl aon cheist faoi. Ainm Chonchita a bhí ann. Conchita Diaz del Rigo nó Ruigo nó pé dara sloinne atá uirthi.'

'Ruiz sílim,' arsa Liam. 'Sa Spáinn glacann siad sloinne na máthar chomh maith le sloinne an athar nó rud éigin mar sin.'

Bhris Conall isteach air.

'Ná bac leis an léacht faoi nósanna na Spáinne. B'fhéidir nach raibh ann ach comhtharlúint gur tarraingíodh ainm Chonchita. Má bhí baint ag duine de na múinteoirí leis na fuadaitheoirí d'fhéadfadh an duine sin a chinntiú go raibh Conchita in aice leis nó léi. Ní gá go mbeadh sí chun tosaigh ar fad.'

'Is dócha,' arsa Niamh. 'Ach cinnte rinne sé ní ba éasca é nuair a bhí sí thuas chun tosaigh. Í féin agus Bean Uí Cheallaigh.'

Leis sin osclaíodh an doras. Phreab siad.

'Bhfuil sibh chun dul abhaile in aon chor?'

Bean Uí Cheallaigh a bhí ann. 'Táimid ag iarraidh an scoil a chur faoi ghlas.'

D'fhéach na páistí ar a chéile. Ar chuala Bean Uí Cheallaigh iad? An raibh a fhios aici go raibh siad amhrasach fúithi?

19

'Ar cheart dúinn labhairt leis na gardaí?'

Bhí an cúigear bailithe le chéile sa chistin i dteach Chonaill. Ní raibh aon obair bhaile acu. Bhí Bean Uí Cheallaigh tar éis iarraidh ar na múinteoirí ar fad gan obair bhaile a thabhairt do rang ar bith go ceann cúpla lá. Chun seans a thabhairt dóibh teacht chucu féin arís. Déileáil leis an uafás. Bhí comhairleoirí agus dochtúir ar fáil freisin. An uimhir theileafóin curtha abhaile i litir chuig gach tuismitheoir. Seirbhís chomhairleoireachta agus chúnaimh do pháiste ar bith a raibh gá aige nó aici leis. Agus uimhir theileafóin na ngardaí – ar eagla gur cheap aon pháiste go bhfaca sé nó sí rud ar bith spéisiúil an mhaidin úd. Maidin an fhuadaigh. Bhí ceithre lá imithe anois ó fuadaíodh Conchita. Agus gan acu ach an t-aon litir amháin a tugadh don Mháistir Ó hEadhra. Bhí na gardaí gann ar eolas ceart go leor. Ach cén mhaith dul chucu le tuairimíocht agus ráflaí nach raibh aon bhunús leo. B'in a cheap Niamh.

'Cad is féidir linn a rá leo? Go gceapaimid gur fuadaitheoir í Bean Uí Cheallaigh. Gur imir sí draíocht éigin ar an mbosca ainmneacha ionas go dtarraingeofaí ainm Chonchita?'

Bhí Conall ag doirteadh amach deochanna do gach duine. Stop sé go tobann.

'B'fhéidir nach í Bean Uí Cheallaigh an ceangal in aon chor. Ná an Máistir Ó hEadhra. B'fhéidir go bhfuil múinteoir éigin eile ag obair leis na fuadaitheoirí.'

'Fós féin,' arsa Liam, 'tá an ceart ag Niamh. Níl aon chúis amhrais againn. An t-aon rud is féidir linn a dhéanamh ná ár súile a choinneáil oscailte agus má fheicmid aon rud a chaitheann amhras cinnte ar aon duine labhróimid leis na gardaí ansin. Anois cuir an Nuacht ar siúl, a Chonaill, go bhfeicfimid an bhfuil aon scéal nua ó na fuadaitheoirí.'

Bhí casadh nua sa scéal. Ba é an chéad scéal ar an nuacht é agus an Máistir Ó hEadhra ina lár.

An mhaidin úd i gclós na scoile bhailigh na fuadaitheoirí fóin phóca ó gach múinteoir agus ó gach garda. Fuarthas fón Bhean Uí Cheallaigh sa héileacaptar. Agus anois, bhí scéal acu faoi na fóin eile. Maidir leis an Máistir Ó hEadhra, chuir siad a cheann siúd isteach ina phóca sular chaith siad amach ar thaobh an bhóthair é. Mar aon lena uaireadóir, a dúirt sé.

Mar gheall ar an gcaoi a raibh a lámha ceangailte ní raibh sé in ann aon leas a bhaint as an bhfón agus ag an am níor thuig sé cén fáth go raibh siad á thabhairt ar ais dó. Mar a mhínigh an tuairisceoir, áfach, thuig sé anois go raibh cúis mhaith leis.

Ba é an plean a bhí ag na fuadaitheoirí ná an fón sin a úsáid chun teagmháil a dhéanamh leis an ambasadóir. Cheana féin, bhí treoracha tagtha mar théacs, ach ar ndóigh, ní raibh cead ag an máistir ach eolas ar leith a thabhairt do na meáin.

Bhí milliún euro á éileamh mar airgead fuascailte. Bheadh an Máistir mar idirghabhálaí agus thiocfadh treoracha breise maidir leis an gcaoi a ndéanfaí an t-airgead a íoc.

Chaithfeadh sé an fón a bheith ina sheilbh aige an t-am ar fad. Chaithfeadh seisean é a fhreagairt agus ní na gardaí. Chaithfeadh an Máistir labhairt leis na fuadaitheoirí anois ar Nuacht a Sé chun a chinntiú go raibh sé sásta é seo a dhéanamh. Chaithfeadh an Bleachtaire Ó Broin labhairt leo freisin agus geallúint a thabhairt go gcoinneodh na gardaí siar. Dá mbrisfí aon cheann de na coinníollacha sin dhéanfaí Conchita a mharú. Dá nglacfaí leo thiocfadh a thuilleadh treoracha taobh istigh de 24 uair a chloig.

Thiocfadh na treoracha ó uimhreacha teileafóin éagsúla agus níorbh fhiú do na gardaí aon cheann de na huimhreacha a fhiosrú. Fóin phóca na múinteoirí a bheadh in úsáid agus gheofaí réidh le gach fón tar éis do na sceimhlitheoirí é a úsáid aon uair amháin.

'Tá na sceimhlitheoirí seo fíorchliste,' a dúirt an tuairisceoir. 'Is léir go ndearna siad an choir seo a phleanáil go cúramach. Ach anois, anseo i mo theannta tá Tomás Ó hEadhra lena theachtaireacht siúd do na fuadaitheoirí.'

Líon aghaidh an mháistir an scáileán. Ba léir go raibh sé ag léamh ráitis a bhí scríofa amach aige féin nó ag duine éigin eile dó. A shúile ag dul ón bpáipéar go dtí an ceamara.

'Táim sásta a bheith mar idirghabhálaí. Beidh an fón i mo sheilbh agam an t-am ar fad. Geallaim daoibh nach mbeidh aon ghléas éisteachta ná lorgaire de chineál ar bith ceangailte leis. Iarraim oraibh Conchita a choinneáil slán agus beidh mé ag fanacht ar an gcéad téacs eile uaibh.

D'fhéach na páistí ar a chéile.

'Más sceimhlitheoir é siúd is aisteoir an-mhaith é chomh maith,' arsa Aoife.

20

Bhí ionadh ar na páistí nuair a chonaic siad an Máistir Ó hEadhra ag dul isteach geata na scoile an mhaidin dar gcionn.

Ní raibh sé sa halla ag am tionóil ach rinne Bean Uí Cheallaigh é a thionlacan isteach sa rang. Labhair sí féin leis an rang ar dtús.

'Tá mé cinnte go bhfaca sibh Nuacht na hoíche aréir. Mura bhfaca tá mé cinnte go bhfuil an scéal cloiste agaibh faoin am seo. Níl a fhios againn cathain a ghlaofaidh na fuadaitheoirí ar an Máistir Ó hEadhra. B'fhéidir go bhfaighidh sé scéal uathu inniu. Nó b'fhéidir nach dtarlóidh sé go ceann cúpla lá. Níl tuairim ag aon duine againn. Rinne mé féin agus an máistir agus an Bleachtaire Ó Broin an scéal a phlé agus ceapaimid gurb é an rud is fearr le déanamh ná iarracht leanúint ar aghaidh mar is gnáth. Ní bheidh sé éasca oraibhse ná ar an máistir. Ach iarraim oraibh bhur ndícheall a dhéanamh.'

Stop sí ar feadh nóiméid. D'fhéach sí thart ar gach duine. Bhí imní le feiceáil ar gach aghaidh.

Bhí tocht i nglór Bhean Uí Cheallaigh nuair a thosaigh sí arís.

'Iarraim oraibh smaoineamh ar Chonchita agus ar an imní a bhraitheann sise faoi láthair. Tá a fhios agam go bhfuil sibhse buartha ach níl aon chomparáid idir an bhuairt atá orainne agus an imní a chaithfidh a bheith ar Chonchita faoi láthair. Agus rud amháin eile. Iarraim oraibh freisin gan an máistir a chrá le ceisteanna. Tá sé siúd faoi bhrú ollmhór agus an t-ualach seo leagtha ar a ghuaillí ag na fuadaitheoirí. Go raibh maith agaibh.'

D'fhéach na páistí go léir ar an máistir. Gan focal ar bith, d'oscail gach duine a mhála scoile agus thóg amach a leabhar mata.

Tuairim is a haon déag a chlog bhuail fón an mháistir. D'fhág sé an seomra chun é a fhreagairt ach chuala na páistí an chéad chuid den chomhrá agus é ar a bhealach amach an doras. Ba léir go raibh sé ag caint le garda nó bleachtaire éigin.

'Faic,' a bhí á rá aige. 'Ní bhfuair mé aon scéal uathu fós. Sea. A luaithe is a fhaighim scéal cuirfidh mé ar an eolas tú.'

'Ní dóigh liomsa go bhfuil aon bhaint aige siúd leo,' arsa Niamh agus iad ag fágáil an tseomra ranga an tráthnóna sin.

'Agus cad faoi Bhean Uí Cheallaigh?' arsa Liam.

'Ní dóigh liom é,' arsa Niamh arís. 'Sílim go bhfuilimid ag iarraidh mistéirí a chruthú. Ní muide an *Cúigear Cáiliúil* le Enid Blyton!

66

Thosaigh siad go léir ag gáire.

'Nach raibh madra acu siúd?' arsa Conall. 'Ceathrar páiste agus Timmy an madra? Nó arbh iad siúd an *Seachtar Rúnda*?'

'Bhuel cé hé an madra anseo? Cé atá sásta ról an mhadra a ghlacadh?' arsa Aoife.

Thosaigh Cathal ag léim thart.

'Bhuf! Bhuf! Déanfaidh mise é!'

Lean sé air ag tafann agus iad ag dul i dtreo sheomra na gcótaí. Go tobann, áfach, stop sé agus iad taobh amuigh de sheomra na múinteoirí. Chuala siad go léir an *bíp* a dhéanann fón nuair a thagann teachtaireacht. Nóiméad nó mar sin ina dhiaidh sin chuala siad guth an mháistir agus é ag caint ar an bhfón.

'A Bhleachtaire? Tá na treoracha tagtha. Tráthnóna amárach.'

21

Ní raibh focal faoi sin ar Nuacht na hoíche sin. Ná ar nuacht na maidine. Is dócha go raibh na gardaí ag iarraidh é a choinneáil faoi rún. Nó b'fhéidir gur bhain sé sin le treoracha na bhfuadaitheoirí.

Choinnigh an *cúigear cáiliúil* mar a bhí siad a thabhairt orthu féin anois an scéal chucu féin. Níor chóir go mbeadh sé cloiste acu agus ar son Chonchita agus a sábháilteacht siúd mhol Liam dóibh go léir gan tada a rá le duine ar bith. Fiú lena dtuismitheoirí.

Bhí an ceathrar eile sásta glacadh lena chomhairle. Níor theastaigh uathu aon rud a rá ná a dhéanamh a chuirfeadh Conchita i mbaol ní ba mhó nár mar a bhí sí cheana féin.

Nuair a shiúil siad isteach ar scoil ar maidin, áfach, bhí ionadh an domhain orthu nuair a chonaic siad an máistir rompu. An fón póca ina lámh aige. Thug sé obair don rang agus mhínigh sé dóibh go mbeadh sé féin isteach is amach an mhaidin go léir.

Agus é imithe as an seomra thóg Niamh a fón siúd as a mála agus thosaigh ag spraoi leis. Cluiche gailf a bhí ann agus bhí sí chomh gafa sin leis nár thug sí aon aird ar an máistir nuair a tháinig sé ar ais. Shuigh seisean síos ag an mbord arís, a shúile ag breathnú thart timpeall an tseomra ach ba léir go raibh a intinn áit éigin eile ar fad.

Bhí Niamh ar an gceathrú poll déag nuair a chualathas an chling! Dhearg Niamh. Bhíog an máistir as a bhrionglóid.

''Niamh! An fón sin led thoil. Níl cead agat fón a úsáid sa rang. Tá a fhios agat féin na rialacha.'

Shiúil Niamh suas chuige agus d'fhág sí a fón ar an mbord.

'Ní chuirfidh mé chun na hoifige thú,' ar seisean. 'Tuigim go bhfuil rudaí difriúil na laethanta seo. Is féidir leat é a bhailiú tar éis na scoile.'

Bhí Niamh an-bhuíoch den mháistir. De ghnáth, i gcás mar seo, chuirfí an fón faoi ghlas san oifig agus ní bhfaighfeá ar ais é go dtí go mbeadh litir agat ó do thuismitheoirí.

Ag a leathuair tar éis a dó agus an rang ag dul amach an doras shiúil sí suas go dtí an bord. Ghabh sí buíochas leis an máistir ach bhí an chuma air siúd nár chuala sé in aon chor í. Sheas sé suas agus d'imigh sé leis amach an doras gan focal as. Phioc Niamh an fón suas agus ar ais léi chun é a chur isteach ina mála.

'Bhí an t-ádh leat,' arsa Aoife.

'Bhí. Is dócha nach bhfuil aon duine róbhuartha faoi rialacha na laethanta seo.'

Bhí siad ar tí dul amach an doras nuair a thosaigh an fón ag bualadh istigh sa mhála.

'Ó, a thiarcais,' arsa Niamh. 'Éist! Ní hé sin mo cheannsa ar chor ar bith.'

'An bhfuil tú cinnte?' arsa Liam.

'Tá. Cinnte dearfa. Ceol eile ar fad atá ar mo cheannsa. Caithfidh go bhfuil an fón céanna ag an máistir agus gurb é seo … gurb é seo an fón …'

D'fhéach siad go léir air. Stop an ceol. Lig siad go léir osna. Ansin phreab siad nuair a chuala an chling. Teachtaireacht.

Cad ba chóir dóibh a dhéanamh? Teachtaireacht ó na fuadaitheoirí b'fhéidir nó ón mBleachtaire Ó Broin. Bhí an máistir imithe.

B'fhéidir go raibh sé i Seomra na Múinteoirí.

'Caithfimid é a sheiceáil,' arsa Liam. 'Más teachtaireacht ó na fuadaitheoirí é cuirfimid fios ar na gardaí agus míneoimid dóibh cad a tharla. Ach seo an t-aon seans a bheidh againn a bheith cinnte nach bhfuil aon bhaint ag an máistir leis na fuadaitheoirí céanna.'

D'fhéach siad go léir ar an bhfón.

'Bain triail as 171,' arsa Aoife. 'Tá sé díreach cosúil le do cheann féin agus le mo cheannsa.'

Bhrúigh Niamh na huimhreacha. A haon. A seacht. A haon. Chuir sí an fón lena cluais. Ansin chuir sí amach uaithi é arís le go gcloisfidís go léir é.

'Tom! Cén mhoill atá orthu? Má theastaíonn bhur sciar uaibh caithfidh sibh brú a chur orthu. Cuirfimid téacs eile chugat ar ball ar an bhfón eile.'

Téacs eile? Fón eile? Bhí dhá fhón ag an máistir! Ceann poiblí do na téacsanna agus ba chuma cén gléas éisteachta a bheadh ag na gardaí air sin. Agus ceann eile. An ceann seo. Fón príobháideach le dul i dteagmháil lena chairde, leis na sceimhlitheoirí.

Agus cad faoi 'bhur sciar'? Cé eile a bhí bainteach leis an ngnó seo ar fad?

D'fhéach an cúigear ar a chéile. Níor bhraith siad rócháiliúil ná róchróga anois. Céard a dhéanfaidís?

'Rachaimid amach as seo agus cuirfimid fios ar na gardaí,' arsa Conall. 'Ní féidir linn labhairt le Bean Uí Cheallaigh. Seans gurb í siúd an páirtí eile.'

'Ní rachaidh sibh áit ar bith,' arsa guth taobh thiar díobh. An Máistir Ó hEadhra a bhí ann agus gunna ina lámh aige.

22

'Seo! Seasaigí go léir siar agus fágaigí an fón ar an mbord sin.'

Bhog siad go léir siar go mall neirbhíseach. Thóg an máistir an fón ina lámh agus thosaigh ag bualadh uimhreacha. Chuir sé lena bhéal é.

'Tar anuas anseo chuig Seomra a Cúig. Tá cúigear srónach anseo agam.'

D'fhéach na páistí ar a chéile. Bhí an ceart acu. Bhí Bean Uí Cheallaigh ag obair leis na fuadaitheoirí freisin. Chuir an máistir an fón isteach ina phóca.

'Bleachtairí óga, bleachtairí cróga,' ar seisean go searbhasach. 'Bhuel feicimid cé chomh cróga is áta sibh anois.'

Níor airigh aon duine acu cróga. Níorbh é seo an Máistir Ó hEadhra a raibh aithne acu air. An máistir a bhí chomh buartha sin faoi Chonchita. An laoch a thairg é féin in ionad Bhean Uí Cheallaigh mar go raibh páistí aici siúd! An máistir a rinne gáire agus Cathal ag aithris ar Bhean Uí Cheallaigh taobh amuigh den gheata.

Leis sin d'oscail an doras. Leath a mbéal agus a súile ar na bpáistí. Níorbh í Bean Uí Cheallaigh a bhí ag obair leo in aon chor ach an Máistir Mac Niocláis. Gunna aige siúd chomh maith.

'Céard é seo? Cúigear nach raibh go leor obair bhaile le déanamh acu?'

'Ná bac sin,' arsa an Máistir Ó hEadhra. 'Is í an cheist is práinní anois ná céard is féidir linn a dhéanamh leo. Tá an iomarca ar eolas acu. An bhfuil Bean Uí Cheallaigh fós thart?'

Bean Uí Cheallaigh? An raibh an triúr acu i gceist?

'Níl duine ar bith eile thart,' arsa an Máistir Mac Nioclás. 'Bhí an diabhal bleachtaire thuas i Seomra na Múinteoirí go dtí cúpla nóiméad ó shin ach tá sé imithe le Bean Uí Cheallaigh anois. Sílim go bhfuil Ó Broin amhrasach fúithi siúd!'

Thosaigh sé ag gáire agus é á rá.

'Ní haon chúis gháire é,' arsa an Máistir Ó hEadhra. 'Cad a dhéanfaimid leis an gcúigear seo?'

Rinne an Máistir Mac Nioclás machnamh gairid. 'Fadhb ar bith,' ar seisean. 'Níl aon duine eile fágtha san fhoirgneamh seo. Tá na heochracha ar fad agamsa agus sílim go bhfuil eochair veain an fheighlí anseo freisin.'

D'fhéach sé tríd na heochracha.

'Sea. Seo é. Coinnigh tusa faoi smacht anseo iad cúpla nóiméad eile. Gheobhaidh mise an veain agus tiomáinfidh mé timpeall ar chúl é. Cuirfimid isteach iad agus tiomáinfidh mise go dtí an teach eile iad.'

'Ceacht nua anois,' arsa an Máistir Ó hEadhra agus a chomhghleacaí imithe.

'Bhur srón a choimeád in bhur ngnó féin agus gan a bheith ag plé le rudaí nach mbaineann libh.'

Ba léir go raibh sé an-neirbhíseach. É ag breathnú thar a ghualainn gach cúpla soicind. É ag breathnú amach an fhuinneog is é ag faire amach don veain.

Bhí an cúigear sceimhlithe. Bhí Niamh ag caoineadh. Bhí an chuid eile acu ag déanamh a ndícheall na deora a choinneáil siar ach ní raibh ag éirí go rómhaith leo.

'Ní thuigim in aon chor,' arsa Aoife, 'ní thuigim cén fáth go ndéanfá cailín óg a fhuadach. Cén fáth go ndearna sibh é?'

Rinne an máistir gáire leamh.

'An-simplí! Airgead! Airgead, airgead agus tuilleadh airgid! Sin é an fáth a bhfuilimid á dhéanamh.'

Rinne sé gáire arís.

'Aon cheist eile?'

'Sea,' arsa Liam. 'Céard faoin tarraingt sin? Cén chaoi ar éirigh leat ainm Chonchita a tharraingt nó arbh chomhtharlúint é sin?'

'Comhtharlúint?'

Thosaigh an máistir ag gáire arís.

'Tá go leor le foghlaim agaibh fós. Níl a leithéid de rud ann agus comhtharlúint – seachas na cinn a chruthaíonn tú féin!'

'Ach bhí mise leat ó thús deireadh don tarraingt sin,' arsa Aoife. 'Bhí mé cinnte nach bhféadfá breathnú ar na hainmneacha.'

'Agus ní fhéadfainn. Sin é an fáth go raibh ainm Chonchita ar pháipéar beag breise agam agus é i mo lámh nuair a chuireas isteach sa bhosca í! Ainm Chonchita scríofa ina scríbhneoireacht bheag néata féin – nó sách gar dó le gur éirigh liom dallamullóg a chur ortsa agus ar gach duine eile. Simplí! An-simplí don té a thuigeann conas é a dhéanamh!'

23

Faoin am sin bhí an veain páirceáilte taobh amuigh den chúldoras agus an Máistir Mac Niocláis ar a bhealach isteach arís. Cúpla rópa agus roinnt ceirteacha ina lámh aige.

'Anois,' ar seisean, 'cá bhfuil na muca beaga seo le gur féidir liom iad a cheangal?'

Duine ar dhuine chuir sé ceangal cos is lámh orthu. Ceirteacha ceangailte timpeall ar a mbéal ionas nach bhféadfaidís screadaíl. Ceirteacha eile mar phúicíní orthu.

Duine ar dhuine thug sé amach an cúldoras iad agus chuir ina luí iad ar urlár an veain.

Bhain sé eochair den fháinne eochrach a bhí aige agus chaith chuig an Máistir Ó hEadhra í.

'Cuir tusa an scoil faoi ghlas agus tabharfaidh mise an dream seo liom. Ansin labhair leis an ambasadóir agus déan iarracht an t-airgead sin a fháil uaidh tráthnóna inniu. Ba chóir go mbeadh téacs eile agat nóiméad ar bith leis na treoracha deireanacha.'

'Agus na gardaí? Bí cinnte go mbeidh siadsan do mo leanúint.'

'Déarfainn é. Ní scaoilfidh siad le milliún euro chomh héasca sin. Ach má leanann tusa an plean cuirfear ar strae iad. Díreach ag …'

D'fhéach sé ar na páistí arís. In ainneoin nach bhféadfaidís rud ar bith a dhéanamh faoi bhí leisce air aon rún a scaoileadh.

'… díreach ag an áit atá réamhshocraithe tiocfaidh dhá charr sa bhealach orthu, beidh "timpiste" bheag ann. Ní bheidh mórán dochair déanta ach beidh siadsan sáinnithe go ceann fiche nóiméad nó mar sin. Go leor ama duitse… agus gan tuairim acu go raibh aon bhaint agatsa leis.'

'Ach cad fúinne?'

Chlaon sé a cheann i dtreo na bpáistí.

'Beidh a fhios acu seo. Céard a dhéanfaimidne anois? Athraíonn sé seo chuile rud. Ní féidir linn fanacht thart anseo anois!'

'Ní féidir. Ach ná habair liom go raibh sé i gceist agatsa do shaol ar fad a chaitheamh san áit shuarach seo!'

D'fhéach an Máistir Mac Niocláis thart.

'Ní bheidh aon chathú ormsa an áit seo a fhágáil i mo dhiaidh!'

Chas sé eochair an veain ansin agus labhair leis na páistí.

'Anois a pháistí beaga deasa dílse… cad a dhéanfaimid libhse?'

Ní raibh tuairim dá laghad ag na páistí cad a bhí i ndán dóibh ná cá raibh a dtriall.

Agus iad caite anuas ar urlár an veain níor airigh siad ach na buillí agus iad ag bualadh i gcoinne a chéile gach uair ar chas an veain ar dheis nó ar chlé. É sin agus na buillí croí mar a bheadh drumaí ina gcliabhraigh.

D'imigh uair a chloig thart ar a laghad. Faoi dheireadh stop siad. Chuala siad guth garbh eile.

'Céard sa diabhal atá mise chun a dhéanamh le cúigear eile?'

Ansin guth an Mháistir Mhic Niocláis.

'Ní raibh aon rogha againn. Fuair siad fón Tom agus chuala siad an teachtaireacht dheireanach. Tá an iomarca ar eolas acu.'

'Seo! Tá sé chomh maith againn iad a thabhairt isteach anois agus gan aon duine thart.'

Duine ar dhuine ardaíodh na páistí mar a bheadh málaí plúir agus tugadh isteach i dteach iad. Agus iad istigh cuireadh gach duine acu ina shuí ar chathaoir cistine agus ceanglaíodh go garbh de na cathaoireacha iad. Baineadh na púicíní ansin.

Bhí siad ina suí i seanchistin – cistin mhór a shamhlófá le seanfheirm tuaithe fadó. Seanchathaoireacha adhmaid agus péint orthu. Seanbhord mór agus cos amháin briste faoi.

D'fhéach na páistí ar an Máistir Mac Niocláis. Ba léir go raibh sé ar deargbhuile.

D'fhéach siad ar a chompánach. Fear ard, leathan a bhí ann. Geansaí dubh air agus *balaclava* dubh. Ní raibh le feiceáil ach a shúile. Súile dorcha, feargacha.

D'fhéach siad ar a chéile. Chonaic gach duine acu an sceimhle céanna i súile a chairde agus a bhí ina chroí féin.

Faoin am seo bhí deireadh leis na deora. Bhí gach duine acu róscanraithe, róghortaithe tar éis an turais agus róbhuartha faoina raibh rompu. Ní leigheasfadh deora aon rud ag an bpointe seo agus fiú dá leigheasfadh ní thiocfaidís.

D'fhéach an máistir ó dhuine go duine. Rinne comhartha lena chompánach agus d'fhág siad beirt an chistin.

24

Ní raibh tuairim acu cén fad a bhí siad fágtha leo féin sa chistin. Ní raibh tuairim acu cad a bhí rompu. An bhfágfaí anseo iad go dtí go raibh an t-airgead fuascailte faighte ag na fuadaitheoirí agus go raibh siad imithe as an tír? Nó an raibh an iomarca ar eolas acu. D'fhéadfaidís an bheirt mháistir a ainmniú. An ndéanfaí iad a mharú dá bharr sin? Bhí na smaointe céanna ag rith trí aigne gach duine acu. Diaidh ar ndiaidh tháinig na deora arís.

Leis na ceirteacha mar ghobáin ar a mbéalaibh ní raibh ar a gcumas labhairt. Rinne gach duine acu cúpla iarracht ach ní thiocfadh amach ach gnúsachtach dothuigthe. An t-aon teagmháil a bhí eatarthu ná na súile. Iontu sin d'aithin siad mothúcháin a chéile mar gurb ionann mothúcháin gach duine acu.

Diaidh ar ndiaidh thit dorchadas sa chistin. Ní raibh aon solas lasta ann. Am éigin – ní fhéadfadh aon duine acu am a chur air – chuala siad guth nua ag caint le guth an mháistir.

'Cén rogha atá againn? Ní féidir linn iad a scaoileadh saor.' Guth an mháistir ansin.

'Ní raibh dúnmharú mar chuid den phlean.'

'Ní raibh sé mar chuid den phlean go leagfadh Tom an fón sin as a lámh ach an oiread!'

'Níor mharaigh mise duine ar bith riamh agus níl sé i gceist agam tosú anois.'

'Bhuel an t-aon rogha eile ná go bhfágann tú féin agus Tom an tír seo – amárach ar a dhéanaí!'

Leis sin chuala siad doras á phlabadh. Ciúnas arís.

Ciúnas agus dorchadas. Is mar sin a bhí don chuid eile den oíche. Na páistí ag míogarnaigh ó am go chéile. Droch-bhrionglóidí ag gach duine acu. Iad ró-mhíchompordach chun codladh ceart a fháil.

Faoi dheireadh tháinig solas an lae isteach trí fhuinneog ard os cionn an bhoird.

Rinne na páistí go léir iarracht teagmháil súl a dhéanamh, sólás éigin a thabhairt dá chéile. Ach ba bheag sólás a bhí ann dóibh. Ní raibh ann dóibh ach ocras, tuirse agus scanradh. Agus céard faoina gcuid tuismitheoirí? Caithfidh go raibh siadsan trína chéile faoin am seo. An raibh siad amuigh á lorg. An raibh na gardaí á lorg?

Céard faoi Chonchita? An raibh sise áit éigin sa teach seo freisin?

Agus céard faoin mbeirt mháistir? An raibh siad imithe cheana féin? Nó an raibh siad fós ar scoil is iad ag ligean orthu go raibh siad buartha faoin gcúigear. Nár éirigh leo dallamullóg a chur ar gach éinne agus iad ag ligean orthu go raibh siad chomh buartha faoi Chonchita is a bhí gach duine eile.

Bhí na smaointe seo ag dul timpeall agus timpeall i gcloigeann gach duine den chúigear. Dá bhféadfaidís iad a phlé chuideodh sé go mór leo. Ach ní raibh acu ach na súile.

25

D'imigh an mhaidin. Bhí ocras agus tart orthu. Gan trácht ar fonn leithris. Gach duine acu ag pléascadh faoin am seo.

Faoi dheireadh chuala siad an doras arís. Coiscéimeanna. Guthanna. Doras na cistine.

An fear céanna a bhí leis an máistir aréir agus fear eile leis. Fear caol, é sách ard ach gan a bheith chomh hard lena chompánach. Geansaí dubh arís. Agus súile gorma ag breathnú amach tríd an dá pholl sa *bhalaclava*. Bhí mála mór ina lámh aige siúd. D'airigh siad an boladh a luaithe is a thosaigh sé á oscailt.

Buirgéirí agus sceallóga. Agus roinnt buidéal uisce. Cén fad ó bhí béile acu? Bhí siad stiúgtha leis an ocras. Gan trácht ar an tart a bhí orthu faoin am seo.

Ar chiallaigh sé seo nach raibh sé i gceist acu na páistí a mharú?

'Táim chun na gobáin seo a bhaint de bhéal gach duine agaibh,' arsa an fear caol. 'Agus an ceangal ar na lámha. Beidh deich nóiméad agaibh chun an bia seo a ithe. Ach má chloisim oiread is focal amháin ó aon duine agaibh cuirfear na gobáin go léir ar ais arís agus ní bhfaighidh sibh tada eile le hithe.'

Chuir an fear ard a lámh ina phóca agus tharraing chuige gunna beag. Dhírigh sé ar Aoife ar dtús é. Idir an dá shúil. Chonaic an ceathrar eile an t-uafás ina súile. Ansin bhog an fear ard ar aghaidh é chuig Cathal, Conall, Niamh agus ar deireadh Liam. An cleas céanna. Idir an dá shúil. Ba léir óna shúile féin go raibh sé ag baint pléisiúir as.

Agus é seo ar siúl bhí an fear caol ag dul ó dhuine go duine ag oscailt snaidhmeanna, ag baint na ngobán dá mbéal.

'Aon seans dul chuig an leithreas?' arsa Cathal.

D'fhéach an bheirt fhear ar a chéile. Chlaon fear an ghunna a cheann.

'Duine ar dhuine,' ar seisean.

'Má théann tusa leo coinneoidh mise an chuid eile anseo.'

Nuair a bhí an bia ite agus na deochanna ólta labhair Liam arís.

'An bhfuil cead agam ceist a chur?' ar seisean.

'Tá,' arsa fear an ghunna, 'ach ní hionann sin is a rá go bhfaighidh tú freagra.'

'An bhfuil sé i gceist agaibh muid a mharú?'

'Braitheann sé!' arsa fear an ghunna.

'Ar céard?'

'Ar cé chomh maith is a iompraíonn sibh sibh féin! Nílimid ag iarraidh aon duine a mharú ach tá sibhse agus bhur srónacha móra tar éis ár gcuid pleananna a loit! Anois tá sé in am do na gobáin sin arís.'

'Fan,' arsa Cathal. 'Má gheallaimid nach labhróimid an bhfuil aon seans go bhfágfá gan na gobáin muid?'

Rinne an bheirt gáire.

'Cinnte,' arsa an fear caol go searbhasach. 'Agus glacaim leis go ngeallfaidh sibh freisin nach dtabharfaidh sibh aon ainmneacha do na gardaí má scaoilimid saor sibh.'

Thosaigh sé ar na rópaí is na gobáin arís. Ba í Aoife an duine deireanach. Sular tháinig sé chomh fada léi ghlac sí chuici a misneach agus labhair sí.

'An bhfuil aon seans go ndéarfadh sibh linn cén plean atá agaibh dúinn? Má tá sibh chun muid a mharú tá sé chomh maith é a dhéanamh anois.'

D'fhéach an bheirt ar a chéile arís.

An fear caol a labhair arís. Rian den chineáltacht le brath ina ghuth an uair seo.

'Bhuel,' ar seisean. 'Ag an bpointe seo ní dhéanfaidh sé aon dochar is dócha. Tá an t-airgead fuascailte le bheith againn inniu. Tráthnóna inniu. An plean a bhí againn ná go ndéanfaimis é a roinnt agus bheadh deireadh leis ansin. Ach mar gheall oraibhse agus bhur gcuid fiosrachta caithfidh Tom Ó hEadhra agus Roibeard Mac Niocláis bailiú leo as an tír. B'in rud nach raibh beartaithe acu.

'Agus ansin?' arsa Liam.

'Nuair a bheidh siadsan slán sábháilte cuirfimid scéal chun na scoile fúibhse.'

'Níl sibh chun sinn a mharú mar sin?' arsa Aoife.

'Níl uainn ach airgead,' arsa an fear caol. 'Ní dúnmharfóirí muid. Má bhíonn sibhse go maith beidh sibh slán.'

'Go raibh maith agat,' arsa Aoife. Leis sin chuir an fear caol an gobán ar ais ina béal agus thosaigh á cheangal.

26

D'imigh an tráthnóna. Am éigin chuala siad guthanna.
Coiscéimeanna suas agus anuas an staighre. Cogarnaíl.
Ansin an doras á phlabadh arís. Agus ciúnas.

An raibh siad imithe? An raibh an t-airgead fuascailte
acu? Cén fad sula dtiocfadh aon duine chun iad a scaoileadh
saor. Is é sin má bhí siad chun a bheith scaoilte saor.
B'fhéidir nach raibh fear an ghunna ag insint na fírinne.

Gach duine den chúigear ina shuí ansin lena chuid
smaointe féin.

Go tobann phreab siad. Bhí Conall tar éis léim. Léim
sé arís. Ansin thit sé féin agus an chathaoir de phlab ar an
urlár agus thosaigh sé ag casadh timpeall. É ag lúbarnaíl
is ag casadh. Shíl an ceathrar eile gur taom de chineál éigin
a bhí ann ar dtús. Ach ansin thuig siad go raibh sé ag
iarraidh teachtaireacht a thabhairt dóibh. Chas sé thart
cúpla uair anois ag cosa Niamh. Rinne comhartha léi lena
chloigeann. Níor thuig sise ach ba léir gur thuig Liam
agus thosaigh seisean ag iarraidh an chathaoir a phreabadh
siar. D'éirigh leis í a bhogadh beagáinín. Ansin d'fhéach
sé ar Niamh agus rinne iarracht a mhíniú di siúd go
gcaithfeadh sí siúd an rud céanna a dhéanamh. D'fhéach
sé ar Chonall. D'fhéach sé ar chos an bhoird. D'fhéach

sé ar chathaoir Niamh. Thosaigh ar a chathaoir féin a phreabadh arís.

Bhí Niamh ag breathnú air. Ag breathnú ar Chonall a bhí fós ag lúbarnaíl ar an urlár. Sa deireadh rith sé léi go raibh Conall ag iarraidh a bhealach a dhéanamh chomh fada leis an gcos bhriste. Chaithfeadh sise bogadh siar chun seans a thabhairt dó. Thosaigh sí ar a cathaoir a phreabadh mar a bhí déanta ag Liam. Cúpla ceintiméadar. Ar leor sin? Cúpla ceintiméadar eile. Arís. Faoi dheireadh bhí go leor spáis ag Conall. Casadh agus lúbarnaíl eile agus bhí droim na cathaoireach díreach taobh leis an gcos bhriste. Bhí súile gach duine eile air. Céard a bhí beartaithe aige ansin? Thosaigh sé ag luascadh anonn is anall ag iarraidh é féin a chasadh thart. Bhí pian agus diongbháilteacht le feiceáil ina dhá shúil. Ba chuma cén chaoi ar chas sé, áfach, ní raibh sé in ann an chathaoir a chasadh thart. Sa deireadh d'éirigh sé as an iarracht agus luigh sé ansin ar an urlár agus thosaigh sé ag caoineadh.

'Úúú!'

Gnúsacht ó Liam. É ag iarraidh comhartha éigin a dhéanamh le Conall. A chathaoir féin á bogadh aige arís. A shúile ag dul uaidh féin go dtí an chos bhriste. Thuig Conall. Dá mbogfadh seisean siar píosa agus dá ndéanfadh Liam iarracht é féin a chaitheamh ar an urlár bheadh seisean ag an taobh ceart den bhord.

Thóg sé tamall ach faoi dheireadh bhí Liam agus a chathaoir ar an urlár freisin. An casadh is an lúbarnaíl chéanna ar siúl aige siúd. A lámha díreach in aice le cos an bhoird. Díreach in aice le scealp mhór a bhí ag gobadh amach as an gcos bhriste. Chas sé arís. Shín sé amach na lámha. Suas síos, suas síos ar an scealp. Rud a bhí feicthe go minic acu go léir sna scannáin. Rud a bhí léite acu arís is arís eile i scéalta Enid Blyton agus go leor scríbhneoirí eile. An *cúigear cáiliúil!* Ba chuma leo faoi eachtraí móra anois. Ba chuma leo faoi bheith cáiliúil. Ní raibh uathu ach a bheith slán sábháilte sa bhaile lena muintir féin.

Suas síos. Suas síos. Lámha Liam ag iarraidh an rópa a ghearradh. Ach ní hionann scéalta na leabhar agus an fíorshaol. Faoin am go raibh an dorchadas ag titim bhí an rópa fós gan a bheith gearrtha.

Bhí ocras orthu arís. D'airigh Aoife í féin ag titim a chodladh. Ba chuma faoin míchompord. Bhí sí chomh traochta sin gur dhún sí na súile.

Cathal freisin. Rinne Niamh gach iarracht a súile siúd a choinneáil oscailte. Sa dorchadas ní raibh sí in ann Liam a fheiceáil a thuilleadh ach bhí sí in ann é a chloisint. Mar a bheadh sábh. Suas síos. Suas síos. Sos. Agus ansin an sábhadh céanna arís. Theastaigh uaithi go mbeadh comhluadar éigin aige. Fiú mura mbeadh a fhios aige go raibh an comhluadar sin aige.

27

Go tobann bhíog sí. Bhí an chéad gha gréine ag sileadh isteach tríd an bhfuinneog. D'fhéach sí thart. Bhí Aoife ina dúiseacht, í ag stánadh roimpi mar a bheadh dealbh. Bhí Cathal ag breathnú ar Liam, trua le feiceáil ina shúile siúd. D'fhéach sí ar Liam. É báite le hallas. A aghaidh stríoctha le deannach agus le hallas. Nó le deora b'fhéidir. D'fhéach sí ar an rópa. Bhí an chuma air go raibh sé chomh láidir céanna is a bhí riamh.

Céard a d'fhéadfadh sí a dhéanamh? Dá mbeadh rud ar bith ag aon duine acu lena ghearradh. Is minic a bhíodh compás scoile nó bioróir peann luaidhe ina póca aici. A póca! An raibh fón ina phóca ag aon duine acu? Níor thug an Máistir Ó hEadhra a ceann féin ar ais di in aon chor. Ach nach raibh ceann ag Liam? Agus Aoife? Nó an raibh siad sna málaí scoile acu?

Conas a d'fhéadfadh sí an cheist a chur?

'Uúú!'

D'fhéach gach duine ina treo. Bhain sí di bróg amháin agus thosaigh sí ag iarraidh scríobh lena cos. Bhí sé deacair na litreacha a dhéanamh bunoscionn. Go háirithe agus a cosa ceangailte le chéile. F-O-N. Níor bhac sí le síniú fada. Rinne sí arís is arís eile é.

Sa deireadh thuig Aoife. Chroith sise a cloigeann. Caithfidh go raibh sé ar scoil.

Cathal? Ní raibh ceann aige siúd. Ná ag Conall. D'fhéach sí ar Liam. Bhí seisean ag breathnú ar a phóca. Póca clé a bhríste. Lena lámha ceangailte ní fhéadfadh sé é a fháil. Ach b'fhéidir go bhféadfadh Niamh é a fháil.

Ghlac sí a misneach agus chaith sí a cathaoir ar an urlár. Bhí sé an-phianmhar. Go háirithe an ghualainn dheas a bhuail an t-urlár ar dtús. Ní raibh am aici a bheith ag smaoineamh air sin anois. Rinne sí iarracht aithris a dhéanamh ar Chonall agus ar Liam. An chathaoir agus í féin a luascadh agus a chasadh. Ceintiméadar i ndiaidh ceintiméadair.

Ní raibh tuairim aici cén fad a thóg sé uirthi Liam a bhaint amach. Eisean ag cabhrú léi agus é ag casadh sa chaoi is go mbeadh sí in ann a lámha ceangailte a chur isteach ina phóca. Bhí a gualainn réidh le pléascadh ach ba chuma léi.

Cúpla ceintiméadar eile. Casadh eile.

Craic! Bhuail sí a héadan ar chathaoir Chonaill. Rinne seisean iarracht a chathaoir a phreabadh as an slí.

Póca Liam. É díreach in aice léi. An mbeadh sí in ann an fón a fháil. Ar a laghad chaithfeadh sí iarracht a dhéanamh.

Shín sí amach na lámha chomh fada is a d'fhéadfadh sí. Leis an gcaoi a raibh sí ceangailte den chathaoir ní raibh sí in ann iad a bhogadh mórán. Bhí uirthi dul leo. A cloigeann agus a cathaoir beagnach in airde ar Liam. Ach b'in é é. B'in é an póca. Agus an fón. Bhí sé aici. Luigh sí siar soicind chun sos beag a ghlacadh. An fón ina lámha aici. Bhí sé múchta. Bhí sé éasca go leor an cnaipe beag ar barr a aimsiú agus a bhrú. Ach cad faoin bpasuimhir? D'fhéach sí ar Liam. An dtuigfeadh sé? Thuig sé láithreach agus thosaigh ag gnúsachtach trína ghobán.

'Ú-Ú.'

A dó.

'Ú-Ú-Ú-Ú.'

A ceathair.

'Ú-Ú-Ú.'

A trí.

Ú-Ú-Ú-Ú-Ú.'

A cúig.

Bíp. Teachtaireacht.

Bíp. Bíp. Bíp.

Teachtaireacht i ndiaidh teachtaireachta i ndiaidh teachtaireachta.

Caithfidh go raibh a thuismitheoirí ag iarraidh glaoch air aréir. Is dócha go mbeadh a fón féin ar an gcaoi chéanna pé áit a raibh sé anois.

Thosaigh sí ar a huimhir bhaile féin a bhrú. A méara ar crith le sceitimíní.

A máthair a d'fhreagair.

'Úúú. Úúúú.'

'Niamh? Niamh? An tusa atá ann, a Niamh?'

Bhí croí Niamh ag scoilteadh. A máthair agus gan ar a cumas labhairt léi. Gan a fhios aici fiú cá raibh siad.'

Chuala sí a máthair ag béicíl.

'A Bhleachtaire? A Bhleachtaire? Sílim gurb í Niamh atá ann. Seo.'

Guth láidir údarásach ansin.

'Niamh? An féidir leat labhairt liom?'

Bhí deora ag sileadh síos aghaidh Niamh.

'Niamh, fág an fón sin ar siúl. Fág an líne oscailte agus beimid in ann tú a fháil. Fág an fón ar siúl. Cuirfimid lorg ar an líne anois ach ná bris an líne.'

Léim croí Niamh le háthas. D'fhéach sí ar a cairde. Bhí an teachtaireacht cloiste acu siúd freisin. Deora faoisimh ag sileadh síos leicne gach duine acu.

Bheadh na gardaí chucu. Ba chuma cén fad a thógfadh sé anois. Thiocfaidís. Cén fáth nár smaoinigh sí ar an bhfón i bhfad ó shin?

28

D'imigh an mhaidin go mall. Gach nóiméad mar a bheadh uair an chloig agus na páistí ag fanacht ar na gardaí. Iad stiúgtha leis an ocras faoin am seo agus spallta leis an tart. Cén fad ó bhí na buirgéirí sin acu inné? Cén fad ó bhí siad ag an leithreas? Bhí pianta sna duáin ag gach duine acu. Cén fad ó bhí codladh ceart acu?

Faoi dheireadh chuala siad an gleo ag an doras. D'aithin siad guth an Bhleachtaire Uí Bhroin.

'Gardaí!' Osclaígí an doras!'

Faic.

Ní raibh aon duine ann seachas cúigear páiste a bhí fuar, ocrach, scanraithe agus traochta. Agus ní raibh ar chumas aon duine acu siúd freagra a thabhairt.

'Gardaí! Osclaígí an doras!'

Bhí na páistí ar bís. An raibh aon duine eile sa teach?

Guth an bhleachtaire arís. 'Osclaígí an doras nó beidh orainn é a bhriseadh isteach!'

Níor thóg sé ach cúpla nóiméad orthu an doras a bhriseadh. Cúpla nóiméad eile chun pluideanna a chur thart timpeall ar chúigear páiste.

Triúr garda in éineacht leis an mbleachtaire. Lucht otharchairr ann chun iad a sheiceáil. Agus an Sáirsint Ó

Néill. D'aithin siad eisean ón scoil chomh maith. Agus tuismitheoirí gach duine acu. Iad ar fad ag caoineadh. Deora faoisimh. Deora grá.

Thug an Bleachtaire cúpla nóiméad dóibh sular thosaigh sé ar na ceisteanna.

'Tá brón orm sibh a chrá le ceisteanna ach ar aithin sibh aon duine acu?'

Liam a rinne an chaint.

'An Máistir Mac Niocláis,' ar seisean.

'Mac Niocláis?' arsa an Bleachtaire. 'Bhí mé amhrasach faoin bhfear eile sin, Ó hEadhra ach…'

'Bhí an bheirt acu ann,' arsa Liam. 'An Máistir Mac Niocláis agus an Máistir Ó hEadhra. Tá sé i gceist acu imeacht as an tír a luaithe is a fhaigheann siad a sciar den airgead fuascailte.'

Tharraing an Bleachtaire chuige an fón póca.

Orduithe chun na calafoirt is na haerfoirt a sheiceáil. Orduithe maidir le bóithre a dhúnadh.

Fad is a bhí seisean gafa leis na cúraimí sin d'imigh an Sáirsint agus garda eile chun an teach a chuardach.

Thosaigh na tuismitheoirí agus an bheirt gharda eile ar na páistí a thionlacan amach go dtí na carranna.

'Fan nóiméad!' arsa Aoife. 'Céard faoi Chonchita?'

A máthair a d'fhreagair an cheist.

'Slán sábháilte sa bhaile lena muintir. A luaithe is a bhí an t-airgead fuascailte íoctha scaoileadh saor í. Tuairim is tríocha míle ó bhaile ach cuireadh na treoracha agus an t-eolas ar fad chuig an ambasadóir agus bhí na gardaí in ann í a phiocadh suas láithreach. Chaith sí cúpla uair an chloig san ospidéal agus scaoileadh saor arís í tamaillín ó shin.'

Chaithfeadh an cúigear dul go dtí an t-ospidéal anois. Ní raibh uathu féin ach dul abhaile chuig a leapacha féin ach níor tugadh an rogha sin dóibh. An suaitheadh. An méid sin ama gan bia gan uisce. An buille a fuair Niamh ar a héadan. Bhí fear an otharchairr sásta ligean dóibh taisteal leis na tuismitheoirí ach ní ghéillfeadh sé maidir le scrúdú iomlán san ospidéal.

Choinneofaí istigh iad thar oíche. Bhí na leapacha réidh dóibh cheana féin. Aoife agus Niamh in aon seomra amháin. An triúr buachaillí le chéile i mbarda eile. Bheadh cead ag tuismitheoir amháin fanacht ar chathaoir in aice le gach leaba.

Bhí na páistí róthuirseach le hargóint a dhéanamh.

29

''Leisceoirí! Fós i bhur gcodladh!'

D'oscail Aoife a súile. D'fhéach sí thart. Bhí a máthair in aice na leapan agus greim aici ar lámh Aoife.

Bhí Niamh ag dúiseacht sa leaba eile, a héadan á chuimilt ag a máthair a bhí ina suí in aice na leapan.

'Tá an bricfeasta ar an mbealach,' arsa Cathal. 'Dúirt banaltra gur féidir linn go léir é a chaitheamh anseo i dteannta a chéile. Agus tá an Bleachtaire Ó Broin thíos staighre. Beidh seisean anseo i gceann cúpla nóiméad freisin.'

'Cad a bheidh ann don bhricfeasta?' arsa Niamh. 'Táimse stiúgtha.'

Bhí siad ar fad ocrach.

'Arís?' arsa a máthair. 'Tar éis an bhéile mhóir a bhí agaibh tráthnóna inné? Agus an suipéar a bhí agaibh aréir?'

'B'in aréir,' arsa Liam. 'Táimse stiúgtha arís. Braithim go rabhamar seachtain gan aon bhia.'

'Ní dóigh liom go raibh sé chomh fada sin,' arsa banaltra agus í ag leagan tráidirí móra síos ar bhord. Thosaigh Liam agus Conall ag cabhrú léi, iad ag baint na gclaibíní de na plátaí.

Calóga arbhair. Tósta. Ispíní. Slisíní bagúin. Trátaí. Uibheacha. Sú oráiste. Tae.

Níorbh fhada go raibh gach pláta glanta acu. Agus iad go léir ar an dara cupán tae bhí cnag ar an doras. An Bleachtaire Ó Broin agus an Sáirsint Ó Neill a bhí ann.

'An bhfuair sibh iad?'

'Ar tháinig sibh suas leo?'

'Ar éirigh libh iad a ghabháil?'

'Cad faoin airgead?'

'Bhuel, is léir go bhfuil sibh go léir ar ais ar bhur seanléim arís,' arsa an Bleachtaire Ó Broin. 'Is deas a fheiceáil nach bhfuil call ar bith oraibh ar maidin.'

Ghlac sé cupán caife ó dhuine de na banaltraí agus thosaigh ansin ar na ceisteanna a fhreagairt.

'Tá dea-scéal agus drochscéal againn,' ar seisean. 'Thángamar ar Tom Ó hEadhra san aerfort agus ticéad aige chun na Fraince. Fiche míle euro aige agus pas bréige.'

'Cad faoin Máistir Mac Nioclás agus an chuid eile acu?'

'Táimid fós sa tóir ar Roibeard Mac Nioclás. Chonacthas é – nó duine a bhí dealraitheach leis – ar eitilt go Sasana tráthnóna inné. Ach más eisean a bhí ann d'fhéadfadh sé a bheith áit ar bith anois. Tá póilíní Shasana ag obair linn air sin.'

'Agus na fuadaitheoirí eile?' arsa Niamh. 'An bhfuil aon tuairim agaibh cérbh iad siúd?'

'Mar a tharlaíonn sé, sin cuid den dea-scéal,' arsa an Bleachtaire. 'Tá Tom Ó hEadhra lag mar dhuine. Bhí sé réidh le margadh éigin a dhéanamh. Téarma príosúnachta ní ba lú á lorg aige agus chuige sin é breá sásta ainmneacha a thabhairt dúinn. Taobh istigh de leathuair an chloig bhí sé ag canadh mar a bheadh canáraí! Agus mar thoradh air sin bhí beirt eile agus cúig chéad míle euro gafa againn roimh dheireadh na hoíche! Táimid dóchasach go dtiocfaimid suas leo go léir taobh istigh de chúpla lá.'

'Cúig chéad míle? Cén fáth go raibh an méid sin acu siúd agus gan ach fiche míle ag an Máistir Ó hEadhra?' arsa Conall.

'An n-imríonn aon duine agaibh ficheall?' arsa an Bleachtaire.

'Imríonn.'

Ba imreoirí maithe iad go léir.

'Bhuel,' arsa an Bleachtaire. 'Ní raibh sa bheirt mháistir sin ach ceithearnaigh. Mion-imreoirí a bhí sásta eolas a dhíol leis an IRA. Ní raibh san fhiche míle a fuair Ó hEadhra ach íocaíocht. Seans maith go bhfuair Mac Niocláis an méid céanna. Thug siad eolas dóibh faoin scoil, faoi Chonchita, faoin amchlár a bhain le cuairt an Uachtaráin agus nuair a bhí Conchita díreach gafa ag na sceimhlitheoirí b'in an fáth gur thairg Tom Ó hEadhra dul ina háit siúd nó in áit Bhean Uí Cheallaigh. Cur i gcéill a bhí ann ionas go mbeadh leithscéal ann chun eisean a úsáid mar idirghabhálaí agus ionas nach mbeadh amhras caite air.'

'Ach céard faoi na gunnaí?'

'Gunnaí? Ní fheadar faoi Mhac Niocláis ach ní raibh sa cheann a bhí ag Ó hEadhra ach gunna bréige. Bréagán a d'fhéadfá a cheannach thar an gcuntar. Ach ar ndóigh, chaithfeá a bheith i do shaineolaí chun an difríocht a aithint.'

30

Leis sin bhí cnag eile ar an doras. Conchita a bhí ann agus a hathair, an tAmbasadóir Diaz.

Shuigh Conchita síos ar leaba Aoife ar dtús. Rug sí barróg mhór uirthi. Barróg eile ar Niamh agus ansin, duine ar dhuine, chroith sí lámh leis na buachaillí.

'Go raibh míle maith agaibh,' ar sise. 'Bhí an Bleachtaire Ó Broin ag rá linn gur chabhraigh sibh go mór leo. Murach sibhse ní bheadh a fhios ag aon duine go raibh baint ag an mbeirt mháistir leis an bhfuadach.'

Ní fhaca sí féin an Máistir Ó hEadhra ach an deich nóiméad sin an oíche sular scaoileadh eisean saor, mar dhea. Ní dúirt sé rud ar bith a thabharfadh le fios go raibh aithne aige ar aon duine de na sceimhlitheoirí.

'Agus ar chaith siad go maith leat?' arsa Niamh.

'B'in rud a chuir ionadh orm,' arsa Conchita. 'Ní fhéadfaidís a bheith ní ba dheise.'

Bhí leabhair aici agus go leor le hithe agus le hól. Éadaí breise, fiú.

'Ní raibh rud ar bith de dhíth orm seachas mo Mham agus mo Dhaid.'

Chuir a hathair a lámh timpeall uirthi.

'Ba mhaith liomsa mo bhuíochas féin a ghabháil libh chomh maith,' ar seisean. 'Murach sibhse ní bheadh an Máistir Ó hEadhra gafa ná aon chuid den airgead faighte ar ais againn. Agus tá duine eile ag iarraidh buíochas a ghabháil libh chomh maith. Tá an litir anseo i mo phóca agam áit éigin.'

Thosaigh sé ag cuardach ina phócaí, é ag ligean air nach raibh sé in ann teacht ar an litir. Bhí Conchita ag gáire agus é á dhéanamh.

'A Dhaid!' ar sise ar deireadh. 'Éirigh as agus tabhair an litir dóibh.'

Ba é Liam an duine ba ghaire don ambasadóir. Shín an t–ambasadóir an litir chuige siúd. D'fhéach Liam ar an litir. Bhí stampa aisteach ar chúl mar a bheadh séala.

'Áras an Uachtaráin?' ar seisean. 'Litir ón Uachtarán?'

'Léigh amach í,' arsa Conall.

Faoin am seo bhí na páistí go léir bailithe timpeall ar Liam.

'Cuireadh atá ann,' ar seisean. 'Cuireadh chuig Áras an Uachtaráin. Cuireadh do Niamh, Aoife, Conall, Cathal, Liam, Conchita agus a dtuismitheoirí go léir dinnéar a bheith againn leis an Uachtarán.'

'A thiarcais!' arsa Niamh. 'Dinnéar san Áras.'

'Huiré,' arsa Cathal. 'Anois gheobhaimid amach an mbíonn buirgéirí agus sceallóga acu in Áras an Uachtaráin.'

'Sea,' arsa Conall, 'le citseap i mbuidéal dearg plaisteach!'
Níor thuig Conchita ná aon duine de na daoine fásta
cén fáth – ach phléasc an cúigear cáiliúil amach ag gáire.